清末民初文獻叢刊

南湖東游草

廉泉撰

朝華出版社
BLOSSOM PRESS

圖書在版編目（CIP）數據

南湖東游草 / 廉泉撰. -- 北京 : 朝華出版社, 2018.6
（清末民初文獻叢刊）
ISBN 978-7-5054-4252-8

Ⅰ. ①南… Ⅱ. ①廉… Ⅲ. ①詩集－中國－現代 Ⅳ. ①I226

中國版本圖書館CIP數據核字(2018)第082715號

南湖東游草

作　　者　廉　泉

選題策劃　楊麗麗　尚論聰
責任編輯　劉小磊
特約編輯　齊　芳
責任印制　張文東　陸競贏
封面設計　劉敬偉

出版發行　朝華出版社
社　　址　北京市西城區百萬莊大街24號　　郵政編碼　100037
訂購電話　（010）68996618　68996050
傳　　真　（010）88415258（發行部）
聯系版權　j-yn@163.com
網　　址　http://zhcb.cipg.org.cn
印　　刷　藝堂印刷（天津）有限公司
經　　銷　全國新華書店
開　　本　880mm×1230mm　1/32　　字　　數　36千字
印　　張　7.75
版　　次　2018年6月第1版　2018年6月第1次印刷
裝　　别　精
書　　號　ISBN 978-7-5054-4252-8
定　　價　58.00元

出版前言

中國自一八四〇年鴉片戰争以來，傳統的農業文明在西方的堅船利炮轟擊之下徹底被顛覆，有擔當的知識分子苦苦追尋，思索社會改革的途徑。從最初的『師夷長技以制夷』到『民主制度，天下之公理』（梁啓超語），他們發現要『强國富民』，首先要『開啓民智』，衹有民衆擁有了獨立思想和批判精神，國家纔能實現真正的强大。在此後一百年的時間裏（一八四〇—一九四九），思想者們從社會變革深入到國民性的改造，用每一部作品見證着中國近代化的遞變歷程。這是一個極其重要的時代，《清末民初文獻叢刊》正是收録了這一時期的作品，大部分書籍都是早期版本，有着極高的文獻研究價值。

清末的中國經歷了『三千年來未有之大變局』（李鴻章語），大清王朝面對西方列强的艦炮，表現得驚慌失措。尤其是鴉片戰争，使『天朝帝國萬世長存的迷信受到了致命的打擊，野蠻的、閉關自守的、與文明世界隔絶的狀態被打破了』（《馬克思恩格斯選集》）。一批士大夫知識分子，尤其是在歐美諸國擔任使臣或者游歷的知識分子最先覺醒，着眼于對西方國家的考察，進而反省本國政治制度的劣勢，可以視作『啓蒙』的端倪。如曾擔任駐英公使（兼任駐法公使）的郭嵩燾在《使西紀程》中以日記的形式記録了自己對歐西諸國的觀感，他在考察了英國的政治制度之後，發現英國政府官員收入超過三百磅者與普通老百姓一樣同等納税，他説：『此法誠善，然非民主之國，則勢有所不行。西洋所以享國長久，君民兼主國政故也。』他明確提出了『民主』，在國家的管理問題上，人民也有參與的權利。他在該書中所披露的西方政治、經濟、文化等領域優于大清帝國這一事實觸動了保守派的神經，立刻遭到保守派群起而攻之，進士何金壽彈劾他『有二心于英國，欲中國臣事之』，他家鄉湖南的民衆對他更是痛加詆毁，以至于滿城揭帖，誣蔑他『溝通洋人』，在這種群情洶洶的情況下，朝廷最後下旨將《使西紀程》毁版，從而使該書成了禁書。然而，書雖被毁版，却不能堵死民衆的傳播與閲讀的途徑，上海的《萬國公報》依舊連載該書，張佩綸曾説：『朝廷禁其書，而新聞紙接續刊刻，中外傳播如故也。』從某種意義上來説，啓蒙是時代的需要，盡管清政府發諭旨禁了該書，民衆乃至一些朝廷大員却依舊在私下閱讀，以便瞭解外部的世界。進步的社會是開放性的，任何企圖『閉關鎖國』的努力都意味着歷史的倒退，衹有開放，與整個世界文明保持同等的步伐，纔能實現真正的强國之夢。當大批知識分子走出閉鎖的國門，親歷了文明的洗禮之後，也就把啓蒙的智識帶回了中華大地。容閎的《西學東漸記》，梁啓超的《新大陸游記》，崔國因的《出使美日秘日記》等一大批作品介紹了海外諸國的政治、經濟、軍事、外交、文化。雖然這些作品在認識上仍然帶有時代的局限性，然而却是那時最爲珍貴的聲音。

另一方面，在學術上，中國文化母體内『經世致用』思想與資産階級思想相結合，也唤起了變革，以康有爲、梁啓超爲首的改良派試圖通過自上而下的革新以實現變革。康有爲的《新學僞經考》《孔子改制考》就是借經學之表論資産階級學説之裏的著作，康有爲的弟子梁啓超更是通過《新民説》一書提出國民性改造。與早期啓蒙者『師夷長技』的器物文明引進不同，梁啓超上升到形而上的精神領域，從文化心理上更加徹底地進行變革。梁氏是清朝末年到民國初年一個橋梁式的人物，被譽爲『輿論之驕子，天縱之文豪』，其影響力不但在學術領域，同時還在文學領域，他所倡導的『詩界革命』得到了譚嗣同、黃遵憲、丘逢甲等人的響應，黃遵憲的《日本雜事詩》，丘逢甲的《嶺雲海日樓詩鈔》都體現了這種主張。這一主張要求反映新的時代和新的思想，用『我手寫我口』（黃遵憲語）的方式直抒胸臆，對長期占詩壇主流的擬古主義、形式主義產生了巨大的衝擊，解放了寫作者的心靈和頭腦。

與社會變革同步的是早期對西方思想著作的翻譯，這裏面影響最大的是嚴復，他翻譯的《天演論》《社會通詮》等書直接孕育了民國一代的知識階層。魯迅、胡適等人在文章中都曾提到《天演論》對他們思想所產生的震撼。與嚴復略有不同的另一位翻譯家是林紓，他的譯作雖然參差不齊，但却在更細膩的心靈層次對讀者產生影響，許壽裳曾回憶，他和魯迅都熱衷于林譯的小説，如《巴黎茶花女遺事》《黑奴籲天録》《迦茵小傳》等作品。

辛亥革命之後，進步社會思潮成爲主流，比之清末思想啓蒙者『求存』的追求，民國以來的知識階層深入到了更加細微的肌理，一方面呼喚社會變革，另一方面進行點滴的建設，革命并不能使所有的一切一蹴而就，在更加深廣的領域，事物的改變是由微觀而宏觀。通俗地説，比之于革命，建設的意義更大。如《中國商業史》《中國教育史》《中國倫理學史》《中國哲學史大綱》《中國小説史略》等一大批作品都是進行系統的梳理與建設的理論作品。其中，以胡適和魯迅二人的影響最大，他們的作品一紙風靡，從而成爲新文化運動的主力人物。

《清末民初文獻叢刊》收録的文獻大致上可以分爲三個階段，其中龔自珍、張之洞、魏源、郭嵩燾、薛福成等人的作品可視爲『早期啓蒙』，康有爲、梁啓超、黄遵憲、嚴復、林紓等人的作品可視爲『中期啓蒙』，胡適、魯迅、蔡元培等人的作品可視爲『晚期啓蒙』。當然，這種劃分并非嚴格意義上的，大部分啓蒙思想者隨着時代的變化，其思想在不斷進步。縱觀整個近現代史，可以發現，要求變革不是在某一個領域，由某一類人發起和完成的，而是全社會的要求。

變革，已經成爲全社會的共識。

從清末民初的文獻中，我們能够發現一種豐富性。這些作品涉及政治、經濟、軍事、教育、外交、宗教、心理、情感等方方面面，從内而外地净化着中國兩千年以來的封建積習。它不衹是對社會的改造，更是對人心靈的重塑；它首重國家社會之建設，同時亦重靈魂心智之唤醒；它是宏大的，也是微觀的；它是嚴肅莊重的，也是活潑靈動的；這些作品結構精巧，思想内容深刻，擁有濃厚的人文主義色彩，對推動社會主義建設，實現中國夢有重大意義，是近現代中國一百年來最宏富的智識與情感的寶藏。因此，整理這些文獻作品，無論是出于資料保存的目的，還是爲圖書館提供資料副本，都有不可估量的意義。

特定時代下的文獻，當它一旦形成（既指草擬，創作的完成，也指其成爲一個載體），就不可再複製了，也就意味着它將面對消亡。對于文獻資料而言，越接近歷史事件發生的時代記録，越具有研究價值。文獻本身具有不可再生性，它衹會消亡，而不會增多。盡管文獻本身的文字可以保留下來，并進行傳播，却失去了當時的時代氣息。當時的作品可能在技巧上，文字的成熟度上不及當代，但它所負載的信息，創作者的情感都反映了當時的歷史，也就是説，它具有不可替代的歷史意義。

影印的版本有三個特點，第一是擁有文獻的『原始性』；第二個特點是『未經改動的』；第三個特點是『歷史的原貌』。所謂『原始性』，也就是説，它是第一手資料，而非轉述的，回憶形成的；『未經改動的』，是指未被篡改、删節、挖補的；『歷史的原貌』是指在影印製作過程中，完全依照文獻的原來模樣……這樣製作出版的作品，無异延續了文獻的壽命。

近現代思想史上的一個最重大的思潮就是『開放』，從林則徐的『開眼看世界』到蔡元培的『兼容并包』，都是在倡導一種開放式的胸襟。而《清末民初文獻叢刊》最有魅力的部分就是『開放』這一主題，衹有融入到世界文明發展的進程中，中華文明纔能歷久彌新。

《清末民初文獻叢刊》編委會

二〇一七年四月十四日

凡例

一、《清末民初文獻叢刊》（以下簡稱『叢刊』）爲影印本，舉凡所用之底本，均爲該書之早期版本。有清末刊本，亦有民國印本。

二、《叢刊》均依底本影印，未予删改，僅代表作者個人觀點，不代表官方立場；原刊本有誤，不予校改，以保留文獻之原貌。

三、《叢刊》所用之底本，因時日久遠存在漫漶的情况，均進行了修復；底本闕文、印刷不清，均保留原貌。

四、爲讀者閱讀之便，《叢刊》中之舊底本目録未標記頁碼者，編了目次；原底本有頁碼和目録，未予重複編目。

五、爲保持文獻的原始風貌，影印本保留了原書書影（原書爲多册，則保留第一册書影）、扉頁等信息。所用底本無相應信息者，則不予妄添，以免錯訛。

目録

南湖東游草

南湖東游草

芝瑛

南湖東游草總目

右詩五卷凡三百八十二首外子南湖四度東游之作芝瑛病久矣枕畔移燈夜不成寐一一校理之每默誦

一過輒有哀動於中而不能自已者
雖賓朋酬燕之篇山水登臨之賦極
佳麗之文寓悲涼之概余獨怪南湖
年來遺世之想日高而憂時之憤愈
烈不能於國内有所展布獨遨遊瀛
海與彼邦所稱懿貴耆碩上下其議
論以詩酒相往還南湖之隱衷豈如
此也寒厓先生題詞曰坐隅忽作無
聲哭悲乎抑何能將南湖之心大寫

真如是幸生並世猶有若寒厓先生
者能知南湖芝瑛竊自壯矣中華民
國七年雙十節

南湖東游草 甲寅

中川鄉看櫻花

甲寅四月二日船泊長崎飲於佐藤佐吉家食後往中川鄉看櫻花佐藤夫婦送余上船其妹佐藤富子同游東京參觀大正博覽會別後賦此陳謝

香雲十里柳垂絲曲曲朱闌短短籬山寺踈鐘僧獨笑故園春色蝶先知佳人拾翠

曾相識遠客辭家怕作詩放眼欲窮天地
觀歸帆不覺夕陽遲
遐方問俗勸加餐湖海相逢便共歡七竅
冷雲窗外吼四山殘雪畫中看可堪別鳥
嘑紅樹且泛仙舟醉碧瀾何日結茅向層
巒清談賡茗許盤桓
訪服部宇之吉博士於下瀧谷鄉居
即題其齋壁二首
服部前任北京大學教授現任東

京帝國大學教授

乍見各無語遠游誰與親十年滄海別一榻臥雲身燕市昔同醉鶯花負好春何當出塵鞅千萬買芳鄰

學子驚餘瀝莘莘澤正長玄經今寂寞小築見清光送客月在地教兒書滿牀遠圖待羣彥脣齒誼難忘

贈瀧精一

瀧任東京帝國大學教授所刊國

華社畫選審定極精

關董傳家學能追造化師嗟余有同好未許俗人知結客燕趙侶看花冰雪姿牆東堪避世那復數歸期

櫻花被雪作淡淡妝搖落之感深矣

握手驚初見聞名便欲呼鄉關千里外生計一身迂落日晚鴉酒秋林新雁圖不愁風雅絕小篆擬蓬壺

王建章落日晚鴉唐寅秋林新雁兩圖

皆著名劇蹟此次均入行篋

送狩野直喜博士回京都二首

狩野現任京都帝國大學教授

早識文章伯高詞媲典墳賞心愜所遇抱膝欲何云世網彌天累鄉音隨地分惟應丈夫志登眺不辭勤

久負青山諾來游鬢已皤大師今泰斗多士賦菁莪揮手難爲别論詩許更過滄洲渺何處去去弄煙蘿

小口槙太招飲幷試新茶

江海飄零客相邀意卻勤直疑開綠野便
欲醉紅裙脩竹搖疎影流泉疊細紋一甌
試雲霧窗外又斜曛

今春櫻花爲雨雪摧殘損人吟興以
詩弔之不勝自悼之感

披香殿裏鬪腰支桃李何曾有此姿日暮
酒醒愁又到不堪回首半開時
多情易老悔纏緜恨不相逢未雨前自笑

楚襄仙分薄梯航欲發更遷延
繁華一去風流盡空谷年年憶歲寒疑是
散花天女降眼波向我太無端
冰霜不改好顏色衣領燕脂認舊因莫唱
陽關斷腸曲江南猶有未歸人

送佐藤富子還長崎

好山如畫草如茵欲語離情聽未真滿院
鵑聲牽客夢一樓寒雨送歸人飛花寂寂
迷香逕門柳毿毿媚晚春莫更凭欄起鄉

思林園不隔世間塵

野口多內招飲於南榎町寓園席間出示桐城吳摯甫先生遺札并所書過朝鮮詩直幅愴然有作

詩壘摩空抵死狂海天琴思正茫茫葱蘢樹色濃於酒爛熳花枝垂過牆歷歷山川珍短夢珊珊環佩認仙鄉篋中瀋墨都陳迹惜別哀時淚幾行

瀧精一服部宇之吉約過市樓談讌

賦此陳謝兩君爲審定書畫
詩債如山未易償更聞花嶼勸飛觴天分
晴雨畫圖出地接蓬壺日月長祖帖尚傳
唐後主霜縑誰識米元章平生微意真孤
絕選勝逢君可細量
南唐榻本澄清堂爲余家所藏法帖之
祖沈乙盦爲余審定米海嶽真蹟謂襄
陽巨幅清麗純師北苑非小米所及著
有論畫絕句曰雲容幪懂樹無根寶晉

英光得細論自有乾坤清氣在霜縑招
得董源魂

七條愷招飲於鶯亭別墅爲言往年
吳先生東游時曾讌集於此七條
之友菊池晉復出示桐城父子寫
贈詩扇各一越日以詩謝七條兼
呈菊池

峭石疏花似舊游幾疑仙籍著瀛洲一庭
寒雨連空翠萬井炊煙動客愁欲挈乾坤

入樽酒每當雪月集名流羊曇又下西州
淚詩派傳家迹尚留

豐岡圭資子爵介逆旅主人丐余名
刺欲往大正博覽會觀小萬柳堂
陳列書畫漫寫一詩付之

登高起鄉思攬古感蕭辰暫作客中主真
成世外人煙雲原過眼蓬島有通津擁褐
懷珠玉飄飄不換貧

贈正木直彥大村西崖

正木東京美術學校長大村爲其

校教授

發篋爛虹光清芬散瑤席四座有雲山行
歌恣一適花氣疎煩襟苔痕黏野屐遠矚
迷幻真披圖悟陳迹刻意竟誰傳奇觀快
新獲悠悠懷古心鑒賞防多僻珍重刧火
餘即此款佳客

同野口多內游日比谷公園時杜鵑
盛開

杜鵑花紅細雨白東瀛五月似秋涼流鶯漂蕩胡蝶醉一叢芳樹擁迴廊迴廊四合願相憶獨坐水亭看山色柳花飛盡尚風塵杜宇聲聲愁殺人

鶯亭

詩成削樹共分題飛盡楊花雪滿谿酒醒不知身是客夕陽亭上聽鶯嗁

疊前韻酬惺堂居士

惺堂菊池晉別號

松陰五月涼徙倚雲生席何處望鄉關樂國喜初適流水入夜琴巖花迎游屐無日不有詩一一經行迹孰云此道微論古我心獲結交多老蒼雅尚不嫌僻儻許託平生爲君坐上客

五月十六日外務省岩村成允導觀大倉美術館館庋古佛像三千餘尊踊躍歡喜得未曾有再疊前韻賦贈館主大倉喜八郎

巨貫不可作光輝生祖席遥遥望古心郎此寄閑適奮身在蓬萊山好遲歸屐千年選佛場佛去不留迹白日說龍飛明珠豈外獲籠眼見山河勝玅地非僻世界一旅亭失笑黄塵客

巨然山水貫休羅漢兩卷子均在行篋

次韻奉酬中洲先生

五月十八日晉謁前東宮侍講三島毅先生於麴町區家園先生白

髮蒼顏年八十五矣自未至酉評
書讀畫無倦容復集門下高弟細
田謙藏野口多内黑木安雄岡田
起作佐倉孫三山川早水兒島獻
吉池田四郎次郎諸君與余會飲
於富士見軒謂往年吳先生東來
時曾挈諸生歡迎於此今諸生年
皆四十五十吾已成翁又得與君
執手於此不可謂非嘉會酒半主

賓相繼演說意興甚豪余久欽先生年高德劭在今日爲魯靈光同座諸君又皆能志先生之所志學先生之所學庶不媿爲中洲弟子者敬次先生贈詩原韻用志景慕弁達感悰

富士山色晚蒼蒼列坐春風溢瑞光白髮儒臣疏廣在朝回猶帶御爐香

讀中洲先生文稿卽次見贈詩韻

中洲先生至性中人故發爲文章纏綿悱惻足令讀者歌泣集中於忠貞大節師友交情尤三致意焉發潛闡幽有功名教不淺不獨其文筆之足媲美韓歐也因次見贈詩韻一首詔我國人用資矜式

小箋分句日平西媚日幽花慰獨栖藩國羈官悲舊壟寶刀勖子憶中闈斯文將喪天難問風教於今孰指迷脫手一編成絶

業高名合與斗山齊
得寒厓五月廿二書謂江南氣候近
如初冬且問歸期以詩奉答二首
夢回山館五更鐘聞雨傷春意萬重天末
故人頻寄語江南五月似初冬
寒窗十日九風雨裘馬空餘感激情別後
南湖誰作主藕花香裏數歸程
題井井居士獨抱樓詩文稿
居士姓竹添氏名光鴻字漸卿通

稱進一郎井井其自號也今年七十有三羸弱善病息影於相海之濱日與藥鑪相親而手未嘗釋卷著有春秋左氏會箋及獨抱樓詩文稿棧雲峽雨日記居士聞余名郵示全集復屬其門人宇田氏傳語謂旬日間當力疾來京圖一握手余擬先往相州訪之故作此詩

花藥隨身正憶君忽逢驛使語殷勤題詩

合傍草堂寺游展曾穿巫峽雲一徑靡蕪
容小隱滿牀籤記發幽芬明朝載酒來相
覓乞寫玄經與世聞

寄井井居士相州邨居

聞欲驅車訪隱淪詩囊茶器合隨身有花
有酒客中主乍暖乍寒天病人回首故鄉
山萬疊總持風教髮千鈞白頭差喜能狂
在倚劍擎杯看北辰

贈鳴鶴翁

翁名日下部東作號鳴鶴又野鶴
爲日本名書家年七十有七美須
髯五月廿五日翁冠方山子冠挈
門下士之能書者四人訪余於客
舍賦此以謝

江南倦客人不識揮手滄溟上玉京雨過
水亭朝飲馬月明山館夜聞鶯風情獨契
方子山草聖還推張伯英愛客自矜腰脚
健不須丹訣問長生

中洲先生以芝瑛楞嚴寫本進呈日
本天皇皇后御覽蒙兩宮嘉賞不
已朝回見告幷示新詩敬次原韻
陳謝

蓬萊宮闕見應稀聖果親承彩筆揮願祝
君王千萬壽點睛龍起九天飛

楞嚴寫本由中洲先生進呈御覽後
以詩報芝瑛一首

天女維摩豈解禪空山幽躅自娟娟蓬萊

殿上傳天語此是人間五百年

芝瑛楞嚴經自跋謂欲於西湖北高峯上建塔藏經竢諸五百年後知者

紅葉曲

甲寅六月三日星野錫攜同志廿有一人讌集於芝山紅葉館席間備有女樂三爵之後歌舞並作或繞身若環或連手蹋地幼眇之聲猗靡之態翊節調風莫可名狀迴

波樂𨷂栢枝顛𨷂吾不識曲媿不
能爲周郎之顧也風雨夜歸合離
情想不能自巳乃作此曲
芝山山翠接紅雲水波暗蹙湘簾紋美人
一笑笙歌動此曲人間那得聞洞房月檻
隨溪轉萬井樓臺互隱見幾回桂子落紛
紛前度櫻花飛片片絳綃捲袖搖鈿聲天
風泠泠夜調箏羅裙一色忽成列滿堂光
彩照山精春來春去長安道主賓歷歷坐

倭島南國東鄰且共歡荆姝越豔爲誰好
十六天魔舞柘枝搖風雜珮光陸離坐愛
楓林弄絃索不隨桃李鬭芳姿步虛聲斷
蛟龍吼清尊細浪延緣久山中紅葉自年
年鏡裏朱顔能駐否

環花庵試茶賦贈庵主山岸慶吉

海山遐曠寄吟魂傾蓋相逢一笑温照眼
花光聯石鼎捲簾樹色入清尊寒窗夜雨
難爲客舌本回甘不見痕聞說主人今陸

羽雲谿供具好重論

台麓雅集以詩謝座上諸公二首

湖海相逢若弟兄不妨杯酒託平生詩吟摩詰真堪畫竹到柯亭有賞聲繞樹看花吾輩老思鄉望國客中情一時嘉會千年事醉墨淋漓是舊盟

一船書畫送歸橈夜夜奎光逼絳霄文采風流空復爾寬閑歲月更難消即看楊柳賦招隱那有珍珠遺寂寥他日卜鄰先訪

戴扁舟乘興不辭遙

題趙千里仙山樓閣圖

甲寅六月八日正木校長與同志四十有八人各攜法書名畫在東台山雅集以表歡迎之意醉歸題此卽書長谷泰山所藏趙千里仙山樓閣圖上用志墨緣

聞說壺中別有天玲瓏樓閣五雲邊今宵醉倚蓬萊樹不記人間葉落年

贈詢蕘齋主人二首

曩讀中洲文集知詢蕘齋中藏有硯田居士真蹟甲寅東渡藤堂伯爵出與欣賞絹本十幅居士祝桐城某大夫七十誕辰作也歡喜讚歎知硯田名蹟爲我兩家之秘藏天下無有能與鼎足者矣作自豪語賦贈齋主并志眼福云

零落丹青三百年海東傳迹鬬清妍詢蕘

齋與南湖主合署莊名曰硯田

居士自作硯田莊圖今藏余家

隔水長橋通野寺迎船孤塔聳晴嵐寫真

更得龍眠筆來證彌陀共一龕

硯田喜畫佛像自謂不讓龍眠其所臨

龍眠自描羅漢渡海圖亦在行篋

游松方侯家園侯今年正八十以詩

爲壽二首

滿牀袍笏駐春暉聖澤千年捧詔歸天子

殿前容走馬華陽洞裏醉仙妃偶牽客感
題紅葉曾聽疏鐘出翠微半日相從陪杖
履沙鷗三兩共忘機
侯以齊眉介壽圖影見贈八十華陽洞
裏仙元薩都刺詩也侯邸舊係古剎有
城市山林之勝
雨侵斜日欲生煙遠矚林園思渺然老樹
插霄雲影碎寒塘產月夜珠圓早知蓬島
通仙籍喜見汾陽賜壽筵湖上鵝羣誰得

換五千道德祝長年

侯畬二王書出示右軍六十帖與吾澄

清堂對觀并許作書見貺

讀青萍詩存賦呈末松子爵

青萍詩存子爵末松謙澄著又名

鐵壁集明治十年一月陸軍大將

西鄉隆盛與少將桐野利秋篠原

國幹等謀反舉兵於鹿兒島日廷

命褫其官位出師征討轉戰於肥

薩隅豐間其六月末松被命赴肥得參戎幕草檄餘閑不廢吟詠九月二十四日官兵攻隆盛以下於鹿兒島城山殺之撤軍凱旋末松乃辭軍團東歸次第追錄得詩一卷王粲從軍之作杜陵出塞之篇不是過也甲寅六月七日末松訪余於美術校余適應環花庵主試茶之約不得執手題詩一首悵惘

而去越日鄭示青萍詩存及城山
納涼翠雲雅集䜩鄰唱和諸作賦
此奉答卽題詩存之後
袖裏琅玕一笑呈瀰天才氣尚縱橫傷離
弔夢芝山館落日鳴笳鐵壁城早歲能詩
多健語䜩鄰結社有羣英槐南不作相州
老手定叢殘出正聲
六月十八日大倉喜八郎招飲於墨
上別墅中洲青萍股野皆有詩見

贈敬次中洲原韻呈坐上諸老

飛盡櫻花綠意多德星聚處便清和亭開
山色饒鄉夢風捲潮聲入櫂歌勝事百年
思洛社當筵一曲唱迴波飄飄萍梗今何
世醉裏題詩似老坡

醉裏題詩字半斜坡公句也

次韻酬青萍

眼波向我遠還青飛絮年年感翠萍妬殺
寫經樓上月清輝不隔短長亭

爲岩村題詩人卷大任遺墨二首

嚇鴟珍重百年餘可似眞卿乞米書記得
題詩向山驛寒梅消息近何如

遺墨中有謝人餉米山驛梅花諸作

衝雨看山輿未闌篋中瀋墨賴君刊一燈
相對吐奇句想見山人風骨寒

江湖到處問詩句應爲山人風骨寒亦
遺墨中句也

田口米舫屬題古衣冠小影

風雨叢談見性眞胷中無地著流塵桃花
流水如招隱便是武陵洞裏人

題宮崎言成赤田百詠

相逢纔幾日談笑若平生燈影搖鄉夢雲
帆數客程山川鬱奇氣歌詠有新聲堪喜
百篇在願同文字盟

題山內孝家印譜

此物還同金雁翔鳥頭雲脚好評量斯冰
遺法誰能嗣佳話曾傳約素章

恬齋男爵席上作弁似詩人士居香
國

雲嵐署券真多事臨發爲公更少留世上
泉刀關至計眼中人物盡名流花香不許
重簾隔酒力難消故國愁一曲淞波萬楊
柳予懷渺渺樂隨鷗

香國主隨鷗吟社

疊前韻寄芝瑛

大隄楊柳何無賴舞送行人不肯留渡口

斷雲迷客夢竹間清磬度寒流疏狂性在
終難改渾沌鑿開便種愁別後相思那可
道飄飄爭似失羣鷗

閏生公使贈以姚元之所畫南萬柳
堂圖以詩爲謝四首

經年塵土滿衣巾舊院鐘聲入夢頻回首
城南天一角楊花飛作兩家春

湯雨生題詩指爲臨松雪本萬柳堂圖
誤也

拈花寺裏人何在邵伯湖西迹未磨莫漫
披圖起鄉思大江風急客帆多
讀畫初驚似到家蓮塘背郭帶平沙遺山
曲譜分明在不見當年解語花
嚇鴟珍重遠相貽喬木猶存故國思南北
兩堂成一瞬蘆花如雪不勝悲

壽閨生

華堂昨夜錦筵開踪跡天涯得暫陪洞口
掃花容小隱籬中艮策足邊才芝蘭玉樹

迷仙島鬟影衣香接上台酒醒莞然成獨
笑階前咫尺本蓬萊

恬齋席上之作香國惺堂皆有和章

再疊前韻奉酬兩君

出門不預興亡事且向溪山勝處留島外
貝書多梵字枕邊帆影落中流陽春曲麗
知難和夜雨聲沈易惹愁揮手滄溟堪一
笑網羅幸不到沙鷗

三疊前韻似恬齋

載寶東來眞忽突攬衣西笑尚淹留月明羌笛涼如水雨後松巒翠欲流貰酒不辭千日醉騷人常負一襟愁平生書劍成何用萬里羞看海上鷗

香國題芝瑛楞巖寫本四疊前韻酬之

散髮不關天下事喜逢詩伯輒淹留能親騷雅妨生計漸覺年華似水流以忍止諍聊說偈拈花微笑本無愁劇憐客裏又成

別浩蕩頻看逐浪鷗

七月十四日應青萍樞密城山雅集之招五疊與香國唱和韻以紀勝事

別後西湖誰管得洞門花落舊題留攢眉入社無餘子開閣延賓預勝流越客厭看天竺雨嶽雲不鎖世間愁銀河耿耿夜如海羞對紅蕖影裏鷗

正木校長爲題小萬柳堂書畫題名

帖感逝傷離不能自克六疊前韻
答之并示中洲先生
平生風義如公少歸與錢塘且暫留夢裏
悲歡存百影衆中言論不同流聊尋海上
神仙樂那識人間兒女愁卻憶吟詩老何
遜鬢絲如雪白於鷗
香國有詩問芝瑛病狀七疊前韻答
之
寒蟬酬唱難爲好遠雁傷離尚小留玩世

文章無定相誤人家國是清流過江漫灑新亭淚擊筑誰憐易水愁一鑿能專吾事足欄杆醉拍不驚鷗

自離故國忽忽十旬溽暑未闌頓起鄉思次青萍城山雅集原韻得二絕句即此話別仍訂後游黯然之情不能自已

百戰歸來弋戯名晚涼攜客好風迎無端驚起銀河鵲散作人間乞巧棚

河梁攜手欲逃名雲外好山管送迎卻與
詩人期後會西風蟋蟀豆花棚

是日城山雅集中洲先生以疾不果
至鄭示和章中有贈余一首因疊
前韻酬之

十年人海誤浮名山館酬詩皮陸迎只恐
南湖霜信早夕陽如櫛挂秋棚
中洲先生前和余詩有蓬島仙緣難俄
絶或留歸纜到秋冬之句

青萍藏有雪舟山水圖夕陽帆影彷彿吾家小萬柳堂也三疊前韻奉題一首

園林信美舊聞名好客應教猿鶴迎我亦有家歸未得一灣新漲冷書棚

青萍席上遇吳摯老故人岩溪晉爲述往事感而賦此

夢裏清游浪得名姑趨曠放罷將迎雍門舊痛無人會一架酴醾罨畫棚

青萍刊其亡師佛山先生遺稿成敬

題一律以志欽仰

敢將軒冕換沖襟師弟依依共此心萬里銜悲疑隔世一編脫手感知音宮娥不識中書令天趣宜於彭澤琴異世子雲應有待名山藏稿落花深

五用薩都刺句先生絕青雲之志有人嘗勸仕不應晚年慕陶靖節因改名潛藏誦唐人落花芳草無尋處萬壑千峯

獨閉門句而悟詩味明治間門人謀藏
先生詩卷於佛山半腹巖間刻其面曰
藏詩巖云
次青萍原韻二首再題佛山先生遺
稿
詩派傳家自得師春風我亦預論思羊曇
又踏西州路三十年前淚盡時
令嗣靜窗先生亦能詩先生歿時青萍
客倫敦迭遭父兄之喪百餘日間而訃

三至故云

經師難得況人師息壤悠悠費夢思刻石
墓門天萬里不堪回首寄書時

先生歿前一年寄書青萍曰桑榆暮影殘日無幾再會不可望只異日歸朝幸過我墓門爲建一小石碑刻以我舊師也數字則我願足矣其書青萍至今猶珍藏

青萍用坡公聚星堂韻賦詩爲贈依

韻奉酬并示香國時香國夫人罹
重恙余得家書芝瑛亦在病中故
詩多愁苦之音言爲心聲非偶然
也

虛名慚媿傳紅葉快讀君詩似冰雪繡毬
花發人倚闌涼綠一簾正愁絕卷中花與
闌前人腸斷纖腰不堪折玉笛飛聲春復
秋蘭釭對影明還滅香霧冥冥翡翠寒流
年冉冉龍蛇劃劚憐羅襪欲生塵怕疊華

巾絹空纈或歌或哭誰得聞呼馬呼牛我何屑三十六峯猶是春萬八千年成一瞥看劍引杯非等閑天風海色從頭說十口飄零望一身壯心銷盡輪蹏鐵

香國新得張雪鴻繡毬花卷夫人病中嘗折繡毬一簇與卷中花同賞　余得鄧石如所銘三十六峯石王冰鐵製卌六峯草堂小印爲賀

疊聚星堂韻留別青萍

歸颿天際小於葉驚魚躍浪散秋雪蓬萊方丈今見之紅葉櫻花兩奇絶青萍犖犖謫仙才玉井蓮開向天折峨眉山下幾人過潁川道中一刺滅短衣匹馬鐵壁城當年意氣如鷹掣天風浩浩帶邊聲劍花簇簇團宮纈燕然勒石著奇勳鄭婢解詩霏玉屑壓城山色墮微茫照眼花光任飄瞥酒次哀絃夢亦驚楞嚴半偈吾能說識字直爲憂患媒誰教錯鑄六州鐵

八疊鷗韻留別東京諸友

丈夫意氣如虹吐江上雲帆不可留冷眼看天牽宿醉醜顔入世學時流一生好客黄金盡萬里辭家白髮愁那有朱絃解悲激悔將心事語閑鷗

八月三日過京都内藤狩野松本三博士招飲於市樓西村磯野兩君自大阪來會九疊鷗韻陳謝卽以話別

百壺有酒不足醉放志行歌去復留法古
尙傳唐禮樂清談猶見晉風流楚襄枉作
陽臺夢商女能知亡國愁自笑浮生成底
事飄飄蓬梗逐羣鷗

山城丸中憶城山主人至門司卻寄
二首

酒邊吟緒入秋清散髮斜簪欲避名我屋
公墩同一瞬載將離夢上山城

知君消夏有新灣送客飛泉共往還日暮

江東天萬里畫禪詞味憶城山

黃海中見鯨魚口占一絕寄青萍郎

用青萍送行詩韻

不見成連情自移倚闌重和卷中詩鯨魚跋浪三千丈從此風濤無盡時

時歐洲風雲急故云

南湖東游草 乙卯

六月六日船泊長崎寄芝瑛二首

病客如僧嬾出門詩思多倚闌看飛雨把酒聽離歌水氣收煩燠山光擁翠螺中川好風景吟嘯幾經過

又作天涯客勞生驗鬢絲夢回孤枕雨淚盡送春詩滄海難爲別音書總覺遲藕花開緩緩爲我證歸期

再過中川鄉題壁去年與佐藤富子

食櫻花餅於此

鄉心羈思兩緜緜爛熳花枝憶去年腸斷
舊游成一夢暮烟疎雨過中川

平子夫婦飲我於長崎酒樓詩以謝
之至門司卻寄二首

胡平子時爲長崎領事

兩岸好山雨後天滄洲渺渺欲生煙買魚
沽酒長崎市客裏相逢又一年

連天帆影迎紅旭隔岸鐘聲蕩碧流一夜

白雲樓上宿河山無恙看神州

萬里河山無恙在畫圖留待後人看東海相國爲余題道衍卷詩也是夕宿長崎領事館出此卷與平子同賞

且頑老人營別業於須磨海濱長廊看月搔首問天有終焉之志余與老人有結鄰之約題詩齋壁以當息壤

夢裏山河諱陸沈滿房圖史氣蕭森飛花

繞澗迎閑客好鳥依人囀夕陰沽酒且謀良夜醉望雲長起故園心買鄰欲待尋佳約一壑能專值萬金

滁生召飲示座上諸客

稽滁生時爲神戶領事

倚山樓閣半陰晴近局雞豚有舊盟遠客不辭千日醉扁舟又送異鄉行竹間虛館連空翠酒次哀絃帶變聲世外桃源何處覓蓬萊天近一身輕

六月十三日賀逆旅主人西村貫一

新婚

愛河渺渺隔紅牆今夕仙娥會玉郎連理枝頭花賽錦合歡筵上酒傾觴夭桃含笑窺行客月扇遮羞試曉妝半幅新詞寫綿紙成陰結子祝梅芳

旅館楹聯只懸一幅曰梅經寒苦發清香

東山寄廬訪藤田綠子夜歸賦此寄

孫寒厓二首

珠箔輕明面面通樓臺如畫倚晴空閑看山色留殘照何處簫聲落遠風客子銷魂詩卷裏美人搖珮月明中莫嫌地僻林泉小島外煙霞一笑同

世外煙霞有汝我寒厓贈句也

百尺危樓映斷霞晚涼徙倚到仙家飯香休憶桃花米酒渴親煎橄欖茶百疊鄉心闌過雁一林暝色送歸鴉年來行脚都成

慣欲懺浮名屏萬諱

綠子東山寄廬之女書記也書法精雅有唐人寫經之風乙卯六月重游京都始識之許爲余寫東游吟草賦此志感卽題卷首

環佩珊珊不自持絳仙才調畏人知未容言語真無奈得見嬋娟恨已遲萬壑松濤迎翠袖一簾花影寫烏絲爲傳聞雨傷春句欲報瓊瑤更有誰

客中逢孝直以詩報寒厓稚暉

去年聽雨日比谷杜鵑花開爲誰容今年臥病嵯峨驛十里五里蔭杉松異鄉乃喜逢畏友買魚沽酒支吟筇紙窗小戶赤脚坐鈔詩緣子鬢蓬鬆草生金谷韓信餓壯士倚劍蓬萊峯藏弓烹狗眼親見十洲三島行相從焚香挂畫了吾事登高望遠寫幽蹤英倫燈火斜橋月又隔雲山幾萬重

嵐山寄吳觀岱二首

六月廿二日羅叔言邀游嵐山與佐藤夫婦乘電車至嵯峨驛在渡月橋邊買一舴艋溯保津川而上兩岸好山如畫舟隨灘轉每上一灘輒回頭不見來處於前路亦然凡經十數灘過聚書蓮華兩巖由落合至屏風巖止焉溪流倒峽瀨騰澎湃令人目眩神竦不敢逼視上灘以三人牽行下則一瀉如箭

一舟師橫篙足矣夜歸賦此寄吳
布衣他日爲我圖之不啻奮身瞿
塘三峽間也

平生夢想蛾眉磧打鼓作歌亦有情三峽
鳴猨齊下淚却來島外聽灘聲

翠壁丹崖氣鬱盤鷴花紅暈雨初乾熱心
到此全無著兩岸松陰六月寒

綠子爲寫甲寅東遊草一卷報以芝
瑛手製澄清堂牋幷謝東山主人

鳳樓迢遞隔山坳複壁何因青瑣交微病不須呼姊伴愛閑猶要借書鈔客來滄海留殘稿燕啄新泥補舊巢十樣蠻牋聊寄旣莫將春色等閑拋

綠子書來謂梅雨惱人非旅客所堪恐南湖歸思動矣以詩答之并寄

芝瑛

寥落天涯寄病身花牋鈔稿草兼真如何風雨寒鐙夜愁絕樓心擁髻人

夜游嵐山歸得芝瑛六月廿日書以
詩代簡答之

到底無塵染扁舟壓浪花身閑微病酒夢好不離家蘿月下層巒松風隱暮笳客心正孤迴雁字又横斜

再寄芝瑛

但恐芳塵斷開緘喜復悲百年猶有别獨客只宜詩夜静愁看月時危嬾問醫俊游殊未歇心事白鷗知

約綠子游嵐山

水接飛流天倒開好山無處不樓臺麥光鋪几搖鄉夢花氣如潮落酒杯短策看雲閑不得長橋渡月漫相催連城十二無人到仙迹分明掩綠苔

七月三日與且頑孝直師石同游嵐山卽送師石還江南

小雨輕風獨倚樓且收涕淚看神州故關何處重回首世路多端似急流壓浪好分

藍尾酒忘機來伴赤松游雲容水態何無
賴一任喧豗蕩客舟
嵐山追暑南面王不易也以詩報東
海相國并示梧生樊山哭盦鳳蓀
仲魯諸公
數家茅屋傍寒灣白日無人常閉關洗耳
偶臨新瀑水披圖愛看夕陽山香飄石鼎
聯吟社濤捲天風破醉顏欲爲浮生談結
束飛飛倦鳥不知還

和磯野惟秋移居三首原韻

林泉小築竹回環一代高名詩酒閒欲把彩毫還郭璞難波橋上聽潺湲

江上新建難波橋君爲題柱

鵑花過雨迷丹嶂溪水流雲界碧空堅臥不關天下事看人踏浪破長風

倦客重來憶往年風塵依舊見應憐北山蘿月移文在又結嵐溪未了緣

余往年曾臥病西山潭柘寺

琵琶湖晚眺

海天琴思晚悠悠一笑也能抵百憂洞口歸雲輕似夢鏡中新漲碧於油偶因蓴菜生秋思爲愛溪山更少留遠火疎鐘吟不盡又看初月上簾鉤

遠帆樓閙歌

琵琶湖上酒樓也

楊柳千絲拂旆旌去帆天際看潮生煙樵雨牧渾相識片石叢花皆有情沽酒客來

溪上醉采菱人似鏡中行無端喚醒江南夢一曲迴波帶徵聲

嵐山遇雨

纔入清涼地身輕解宿痾雲深僧迹少樹密雨聲多叢竹夏無暑虛廊幕有波望鄉生暝色怊悵欲如何

爲江上瓊山題洞天一品圖

寒姿突兀似艮朋遐想丹邱却嬾登莫把霜毫摹峻極本來骨相是崚嶒

游琵琶湖歸寄綠子

尋芳不辭遠吟眺未曾閑笑酌花間酒曉
行湖外山平生孤劍在何日片帆還猶憶
同游處清風鳴珮環

江上翁邀飲於三橋水榭酒半笑問
欲呼歌妓否詩以答之

鷺渚鷗溪自在天晚涼攜榼且流連夜長
怕有還家夢榆老難飛買笑錢白髮惱人
同逆旅青山容我付嬋娟今宵得把浮邱

袂待月清吟勝管絃

訪堀江義三於東山別業燕賞竟日

賦詩陳謝

半日浮生未是閑花南水北共躋攀溪流
飄忽嘗疑雨舟勢逶迤又上山片石孤雲
皆有態思鄉望國幾時還客愁爭似游絲
亂攪勝逢君一破顔

與江上堀江游市田氏對龍山莊

江左風流在羣游戀物華松高雲氣斷山

轉水紋斜讀畫登瑤席開樽就淺沙歸途
歌緩緩涼月上窗紗

東山觀瀑憩第一瀧茶亭

忘形無主賓深入白雲隝瀑來萬馬奔石
削雙龍舞綠陰如水涼高臥不知午長嘯
一欠伸落葉紛如雨

第一瀧書所見

水邊有麗人能識滄洲趣翩翩白練裙皎
皎紅羅綺隔竹引清泉褰裳飛遠霧浴罷

掉歌行蘭麝香滿路

江上翁顏其畫室曰數峯青處爲題一詩以張之

萬刼荒荒一剎那著身人海且婆娑篋中醉墨連青嶂案上香烟搖綠蘿放志行歌聊自樂清風明月不嫌多十年卻掃名兼隱此是先生詩酒窠

逆旅主人游琵琶湖歸指天邊新月曰江南有此月否口占絶句寄芝

瑛

陌頭柳色寒仍淥雨後天光嫩似藍不信
琵琶湖上月清輝一夜到江南

宇治川觀釣

落日明嚴灘滔滔弄煙水冷眼看滄桑得
魚亦偶爾

石山寺贈光遍上人

一葉御天風來訪遠公社大道本無遮誰
是忘機者

神戸遇楊了公

九陌黃塵不到門斷詩縈想古音存月來書幌移花影雨過楓林有淚痕愁裏琴尊聊送夕舊游城郭共誰論那堪嫚娜多情思病馬寒條正斷魂

疊韻酬了公二首

詩律逢君入悟門了無言說道心存商量舊學還吾輩搖落虛堂有夢痕花氣撩人無處著流塵如電不堪論江迴海斷空惆

悵求藥猶招姹女魂

故關何處望衡門潦倒天涯獨過存老樹著花慵作態新苔經雨漸無痕霜縑呵護宜知幸世法然疑要細論遠水遙山吟不盡枯腸文字卽精魂

再答了公

風掀屋瓦樹當門檢點閒懷少過存檐隙霜華驚短夢酒邊吟緒著秋痕詞人自合遭天放冷格雖工與孰論來去因緣成獨

笑好留瓶鉢慰覊魂

寄芝瑛

蓋茅已是別人門團扇題詩迹僅存島外煙霞新管領柳邊燈火舊巢痕五更風雨何無賴萬劫悲歡不可論寂寞空山聞度曲非關離別也銷魂

題綠子小影

低檐小屋閉門門沿壁幽花三兩存萬點寒鴉翻夕照一行歸雁寫秋痕海山瑠札

分明在衣領燕脂子細論莫向大堤歌折柳高樓西北有離魂

簡李平書

不因人熱傍侯門坐嘯江湖舌尚存忍對羅浮尋夢影羞看短鬢著霜痕到頭馬鹿誰能辨籠眼山河莫漫論猶有浮生窮活計滿房圖史伴吟魂

代緑子答了公

西風瑟瑟掩重門紅葉題詩字半存那有

錯刀留遠客爲傳緜紙隱啼痕相如消渴
甯非病宋玉微詞待討論攜手且尋塵外
樂藥鑪經卷懺花魂

示綠子

詩人合住水邊門三徑荒荒菊尚存詞味
畫禪成獨適天風海色了無痕衆中說食
問誰飽夢裏拈花與佛論月落參横惆悵
在一枝香返玉梅魂

送了公還江南

歌塵粱肉厭朱門變態新陳百感存薄醉不成驚歲晚苦吟未了漏燈痕舊盟猿鶴今何似得意魚龍奚足論揮手江亭一彈淚月明已斷杜鵑魂

代姬人春野答了公

狂心未歇不知門翳目空華迹尚存妝閣爭傳春雪句輕帆猶帶落潮痕未容言語還傷別少得團圓休共論夢幻虛禪同一瞬秪愁隔海有啼魂

題了公贈春姬詩後

空雲如幄溼遮門過去因緣百不存獨攬
風花餘一笑更看眉黛蹙雙痕萬方哀語
誰堪省十地聲音好對論我亦孤山林處
士悔將冰雪鑄花魂

南湖東游草丙辰

憑闌二首代芝瑛寄新婦逸塵

遠峯濯雨鬬清妍九陌塵飛不著天白展
紫裳同散學看人兒女一淒然

晚涼徙倚鬟雲鬆花氣薰人似酒濃海上
星槎天樣遠載將離夢到吳淞

贈道士陶宗聃

道士故人端忠敏之子丙辰長夏
寓書海外謂傷心家國投昌平峋

峋崖王虛觀出家余亦浮家蹈海
情緒無與語詩以答之不勝新亭
之感也
道人掛劍昌平去別後丹砂煉幾分隔屋
朮香消酒渴半窗旛影帶殘曛行歌江海
難爲客高臥雲松尚有君王謝風流殊未
泯一聲鐵笛不堪聞

寄楊楚孫

狐兔中原迹未收故鄉回首獨登樓誰憐

赤口談功罪何處清樽著喜憂來去緣塵存百影評量風露足千秋白雲不管人間事洒墨題詩一笑酬

自題鼓瀧濯足圖二首

鼓瀧在日本有馬

十地聲音羯鼓催夕嵐生處認銀臺足心酸澀無人會又上懸崖蹋一回

委心物外容疎放潛察人情釋愛嗔沓石懸流成獨適浮雲一片是閒身

和楊枕溪松海別莊之作

江海同爲客松風動苦吟後庭亡國恨落日倚樓心水閣夏無暑禪房晝欲陰旅愁且抛卻看劍縱清斟

有馬避暑寄五弟天津

天半波濤作飛流石磴盤滄桑成往事風雨獨憑闌雲氣三山近松聲六月寒鄉心正無奈何處望長安

七月廿一日與芝瑛挈女兒紹華早

車赴京都同游嵐山

川原繚繞客心驚又聽灘聲作短行葉嶼花潭相上下小樓虛閣半陰晴涼風颯颯聞山鳥巖館蒼蒼接禁城三十六峯無恙在不須東海訪蓬瀛

完白山人所銘三十六峯石現藏余家日本京都亦有三十六峯之稱

贈

近藤開翠石畫會於吟松亭索詩賦

拄笏看雲一事無海山何處是蓬壺每當風月開吟社擬挈乾坤入畫圖片石叢花皆有態園翁溪友不嫌孤今朝得把浮邱袂半日浮生也自娛

聞吳稚暉先生自英倫回國

夢斷江南月滿庭篋中瀋墨有餘馨叢談風雨關清議揮手滄溟恥獨醒牀上貝書聊送日巖前飛瀑似奔霆憑闌我是曾來客留得須眉入畫屏

哭詩人木蘇岐山

詩賦傳家入悟門國聞垂絶賴君存江山
如此真堪畫風雨蕭然欲斷魂小別經年
成隔世稱心七字共誰論楓林一夜猿啼
月囘首騷壇有夢痕

有馬山中懷汪蘭皋郎題所臨書譜
卷子

十年人海借詩逃不飲能歌亦自豪衝雨
看山憐老輩負書散學憶兒曹雲嵐署券

關風誼夜鼙翻松起怒濤明日新晴籠鵝去柳花香裹看揮毫

答章仲和公使

一雨撲窗暑氣摧銀臺級級傍雲隈青山滿眼家何在紅葉題詩客又來坐對清樽延月上慣從鄰舍乞花栽嘶風漫訴牽鹽恥欲語孫陽有積哀

約張仲仁游有馬

葱蘢樹色映晴川樹外青山山外泉洞口

嫩雲輕似雪柳邊曉月淡如煙趁齋幽鳥留歌韻飛澗長松撼醉眠客路相逢無一語未曾游處且留連

春姬有馬書來謂庭前紫薇花盛開冒雨臨賞已落紅滿地越日游箕面賦此卻寄

不辨松聲與水聲枕中琴筑助詩情空山聽雨有今日高館張鐙又送行靈液成泉當檻出老僧愛客隔州迎香雲滿地燕支

逕知在蓬萊第幾程

宿寶塚示馮守志

入世當知百不堪綠陰深處闢詩龕浮空瀨石寒如玉沿砌秋苔嫩似藍萬里關河悲過客一天星斗領高談眼邊收拾閒風景小簟涼多睡正酣

箕面道中與芝瑛同作

潭面無風雨脚齊鄉村屋小酒旗低千絲柳影遙藏寺兩岸人家盡枕溪山鳥窺簾

如舊識松關吟句入新題爲君徐說無生
法洞口重來路欲迷

挽劉銘之醫士

丙辰六月浮家蹈海余與芝瑛皆
病銘之爲我稱藥量水情均天倫
曾幾何時聞銘之已作古人旣成
輓歌遂付郵寄湖雲花雨爲之招
魂

哀鑾無光鄉信賒忽驚弔鶴隔天涯早知

世界都如夢願作津梁豈有家桑海飄蓬
餘涕淚花枝照眼自攲斜臨風一酰餘杭
酒薦向空山靜不譁

沈鐘亭晚眺

山勢如龍翬欲飛穿松跨鶴共忘機斷橋
高柳添新漲古塔疎林倚落暉隔院茶香
初得乳撩人花氣半熏衣㕝頭四十九年
事能歇狂心漸覺非

東玦公

水竹平分結淨緣故人未辦買山錢洞中
棋局消殘暑案上香爐篆細烟短髮涼風
悲去國難波新漲欲吞天客愁多在寒燈
底且就僧房借枕眠

大阪有難波橋長六百九十尺

二階坊與春姬夜話

采藥歸來日未斜別開香逕躡飛蛇入山
便與僧爲友呼酒那知客當家幕府夕陽
看洗馬古關衰柳數歸鴉可憐一夜嬋娟

魄常對寫經樓上花

絶句示玦公

擾擾萬緣何日了茫茫遺恨有誰知世間多少乘除事怕到邯鄲夢醒時

再寄玦公

忻戚原相共無勞割臂盟何因中道棄空憶昔時情白日催人老寒燈照雨明蓬萊秋更好應許問長生

山樓即事

三杯踏月穿花酒一个離鄉去國人坐對
溪山看圖畫荊關任寫不如眞

有馬田家

桑麻靄靄拂雲平斗酒呼鄰見舊情麰麥
前村秋雨足隔溪時聽踏歌聲

芝瑛在山中拾紅葉數片寄小兒女
爲寫二詩其上

短鬢涼吹解宿醺石壇松老變龍文夜深
只恐山飛去曬藥牀頭盡白雲

樓閣玲瓏接上方故山雲水認仙鄉溪流
杳杳鐘聲渡下視人間木葉黃

寄寒厓弁闠香國

雲去雲來鳥不知夕陽樓上卷簾時吟懷
多與閒相稱清晝偏於睡最宜待鶴烹茶
試松火看猿抱子挂藤枝一尊又觸天涯
感橫笛何堪月下吹

送仲仁回國

張侯隔海經年別來款松關拾翠華落日

奇峯僊過客穿廊玉澗帶平沙詩瓢曾浥華嚴瀑洒渴親烹宇治茶又向笛中聞折柳旅亭暫止是天涯

哭林寒碧

余與寒碧未識面寒碧見余鼓瀧濯足詩寓書山中謂留東七年無緣一訪名瀧爲憾欲盡讀余紀游之作乃寫新詩數十首應之八月十九日林宰平過訪有馬謂寒碧

於十日前在洋場一跌死矣嗟乎
遺書在案而寒碧已作古人唐人
詩曰不比他人死何詩可挽君余
於寒碧信造化之無情痛有身之
作祟不知涕泗之何從也

鬼伯驅人竟不分商量千古欲奚云松梢
飛瀑應驕我帝所修文又哭君世路本來
平處少喪歌忍向客中聞靖安樂府能傳
怨慘日愁雲數尺墳

唐靖安武公死于盜劉禹錫作佳人怨樂府以哭之

八月廿三日春姬生子芝瑛名之曰小湖權現坊題壁志喜

人生憂患從何始墜地呱呱願總違天上石麟寧有種雲中秋雁送將歸青山埋骨無今古白日閑愁一是非結子成陰笑多事且看梅鶴共志機

晚步寄偶遂亭主

清肅邸別號曰偶遂亭主

疏花媚日著秋意弱羽巢林無勁枝一徑
寒松人不到白雲相伴獨吟詩

題偶遂亭主衣冠小影

流轉殊方萬事非五年薪膽似君稀滄江
白髮今何世空望長安淚滿衣

八十七翁中洲待講和余皷瀧濯足
詩賦此答謝

桃李滿城手自栽百年心事屬人才傳書

新雁雲端下拂黛遙峯天外來白髮窮經
元老在錦袍弄月御筵開應憐江海棲遲
客翦燭題詩淚暗催

與芝瑛夜登布引山觀瀑尋去年舊
題不得愴然有作

浪花如雪冷前谿夢入仙源路轉迷忽被
西風吹酒醒仰攀北斗覺天低年深丹竈
無餘火雨壞山牆失舊題藥裏關心閒不
得九關虎豹正酸嘶

題士居香國仙壽山房詩文鈔二十韻

結繩以還易書契有鬼夜哭感倉靈前千百年人已逝六丁下取驅雷霆後千百年那得知纖兒好惡無常經放蹄捩翅世有幾黃金擲牝制頹齡精氣不存遺糟粕變化咀嚼逾仙釀各守師說市一鬨欲叩洪鐘無寸莛怪哉古今衹此一枝筆公能鞭馳造化披剝萬象無遁形文窮典誥古無

比筆降太白見詩星鳥巢山下讀書處香
雲靉靆蔭鯉庭家風孝友看圖畫發揮形
勝有儀型一行作吏妨騷雅雙雙白鷺凌
青冥風雲慘澹論成敗老驥伏櫪戰血腥
我從前年識公面登壇旌旆如盟邢大匠
槐南木已拱付與慧劍加礱硎城山主人
與六石鼎足有公盡傳馨一編脫手破鬼
膽餘波綺麗望雲軿傷心怕看東籬菊菊
瘦如人呼不醒我亦浮家蹈海客賴有酒

美倒沙瓶文章報國成何用隨風變滅如
流螢氣酣日落望吾子詩思孤聳千山青
香國幼時讀書處曰櫻池草堂在佐川
村爲巢山下作圖記之以寄懷舊之情
文鈔中有白鷺巢記風雲慘澹樓記老
驥山房記數篇敘述移守仙北及在淚
華與再到臺北之事香國甲寅八月賦
悼士夫人菊圃女史性愛菊山田寒山
題菊如人横額贈之

吉川卯三新製禮服寫蘆雁圖於衣
裏爲題二詩
結陣排雲入夜鳴蘆花如雪最關情雙飛
雙宿心相許歷盡風霜過一生
紫塞風高客夢涼汀沙雲樹晚蒼蒼英雄
激發情何壯不向人間謀稻粱
疊韻酬香國并示恬齋男爵
百年心事故人知共壁題詩會有時霜鬢
簪花應見笑旗亭貰酒正相宜離鴻欲訴

弦中怨鷲鵲難安月下枝村醲半酣愁又到紫簫攜向竹西吹

芝瑛兒女情長鄉思一發不可遏再疊前韻用慰寂寥

秋光澹澹菊先知酒渴天涯夢醒時去國何心成獨往憑高誰道不相宜飛花寂寂疑仙境涼露霏霏溼桂枝強欲再游心似醉莫教長笛倚樓吹

芝瑛覗小湖彌月後歸國以詩話別

秋風吹夢到江南欲語離情恐不堪君去
故園翻似客我如行脚卻留庵蕭蕭露月
宜知警歷歷山川好細談獨憶西樓當此
夜柳邊燈火綠毿毿

次恬齋筅後九中見眎韻

恬齋時長日本郵船會社

八月靈槎倚碧空夜深看斗辨西東老龍
吹浪全無暑萬里梯航趁好風

寄懷中洲先生時先生避暑繪原村

莊

新雁一聲秋滿空遺經獨抱壓江東北窗
高臥涼如水人有羲皇以上風

餞鈕惕生時惕生自京師回上海又
有肇慶之役

水邊旌旆映晴空漢使回航又向東欲洗
人間煩惱熱清涼一味是家風

用惕生來札中語

橫山廉次屬題繼述帖二首

手澤如新歲月多霜縑呵護足摩挲傷心
一掬思親淚不敢臨風詠蓼莪
父書應諾誰能嗣雛鳳清聲未是奇獨有
報恩方寸在蕭蕭風木不勝悲

旅夜寄芝瑛

鴻聲斷續又傷離百感中來不自持把酒
愁看衡嶺月憑闌獨詠紀游詩五更燈火
搖鄉夢一榻雲山指後期三經荒荒秋正
好黃花應著去年籬

大西行禮摹刻黄秋盦爲翁蘇齋手
搨肥城漢畫像五種製箋見貺并
和余有馬山中詩依韻酬之
鳳樓殢酒散朝醺好事重摹漢石文十樣
蠻箋勞寄貺墨花飛作滿窗雲
松海别莊贈某校書次鄭祝三韻
笙歌一簇水明樓松捲濤聲發棹謳大歷
才名傳雪唱永和禊事共風流也因搖落
能憐客如此韶華不算秋欲上香車情脉

脈釁邊花朵蔓牽牛

梁溪雨泛圖爲袁寒雲題二首

以下丙辰回國後作

老龍嘘翠溼雲根咫尺城闉隔寺門一塔夕陽明畫舫四山寒色入清尊淚傳詩句動鄉國收泣新亭釋怨恩更挈朝雲能解事芸編爲辟蠹魚魂

寒雲藏宋元精槧多逾百種行篋中攜新得本以自娱鈐有小印曰與身俱存

士
寢唐饋宋且遨嬉放艇江南問畫師笑喚雛鬟動歌扇偶閒書帙亂花枝沈冥蓬島能容我叱咤風雲更有誰夢裏清游留一笑也同醉倒習家池

獨山門憤王廟旁有崖石楚孫名之曰虞美人崖

得寒雲天平山中書報之以詩

肝膽輪囷發興奇天平山上望雲思屠龍

屠狗成千劫呼馬呼牛又一時共壁題詩
誰是客陳編獨抱我何爲南湖也有爭墩
地莫遺楊朱泣路歧

寒雲乞讓南湖一曲

寒雲攜淳祐本絶妙詞選登天平山
飲鉢盂泉百感蒼茫有憑高竚立
書空獨語之概賦此寄懷郎題卷
首

流轉江南屏萬緣清深初試鉢盂泉戴星

載酒游三日名畫奇書共一船新月窺人明雁外秋風吹夢付鷗邊長歌當哭誰能會儻遇洪崖好拍肩

爲周芷畦題水村第五圖

物外謳吟我亦諳清溪照影月初三眼看桑海甯容喙老去林泉不厭貪千載風流今賀監一尊夢寐昔籧庵披圖爲說無生法花雨毵毵現鉢曇

郭頻伽別號籧庵有水村第四圖

題雲林寫杜公斷橋無復板臥柳自生枝詩意次寒厓韻二首

斷橋流水寄閑身煙柳重逢劫後春獨有哀情似臣甫新亭收泣汝何人

抱鄰桐樓孰見親向人肝膽尚輪囷江山歷歷今何世倚醉飄愁一老民

倪畫自題曰余與仲瑛高士遯迹憂時以來觸目皆杜陵句矣至正辛丑四月重游玉峯登桐樓因寫此爲贈仲瑛喜

甚謂余曰我有旨酒請君鼓缶勿言旋歸實盡一斗相與撫掌

用寒厓紀事韻示寒雲二首

袁二得宋人蜀道寒雲圖因以自號

秋來何地著吟身滄海相逢認舊因百疊鄉心鐙下淚孤蓬寒雨畫中人傷春小杜今無比高臥元龍氣未馴便欲移家湖上住二橋扶醉一相親

古香縝密鬱千奇百宋猶當北面之悱惻名篇傳綠子淒涼舊曲憶紅兒津樓惜別渾如夢蜀道寒雲合有詩吳會勝流今略盡眼中二客敢忘私

二客謂寒匡與觀岱

放鶴亭題壁

隔年零夢著悲歡洞口掃花與未闌空谷雙鬟迷處所寥天一鶴響高寒山河滿目憑誰弔城郭疏燈帶醉看往事淒涼那可

說短吟閑眺憶長干

呂戴之將軍單騎過我越日復攜尊酒飲我於夕照亭賦此陳謝并示童伯吹師長

登壇風貌昔曾聞酒舫飛光倚夕曛驕騎到門人不識山河籠眼佛何云渡江漫灑英雄淚拄笏同看處士雲蓋代勳賢二三子橫刀獨立且論文

用放鶴亭韻贈岑雲階

溪山沈寂爲誰歡驢背吟詩夢未闌歌哭牽腸猶鬱勃樓臺倒影共荒寒濠梁魚樂君能識蓬島花枝我獨看叱咤風雲餘一笑願生髀肉老江干

君好觀魚故結茅在玉泉之旁

酬寒厓

空亭猶記舊時歡溫夢歌呼歲又闌近局未妨饒勝事小樓聊可共春寒元龍豪氣隨年盡人日梅花帶淚看聞道潯陽有歸

客祇餘對酒百無干

蘭皋招飲以疾不果赴會寒厓有文

字小劫賦此解嘲并簡蘭皋

百年篋衍見悲歡山鬼吹燈夜向闌芳草

懷人存月旦晴窗臨帖有霜寒橋邊風雪

流年度座上英雄幾輩看卻諱花朝近生

日牛衣穩臥廢支干

壽梅隱師師年七十來書言今春曾

游金集

一經傳子足承歡萊服擘觴酒半闌看竹
偶然到曹渡徵詩應不擯郊寒金焦攬勝
知誰健陸戴同登隔世看三十年前老師
弟記曾立雪傍闌干

師與陸鳳石戴毅夫同鄉里又同舉進
士今陸戴墓有宿草矣

寄呂將軍

似聞平勃已交驩落日鳴笳景色闌地下
強魂應見笑山中杜若亦先寒弈棋國手

知誰是杯酒英雄倚醉看虎擲龍拏爭一瞬漫將恩怨付吳干

地下強魂謂朱瑞九歌山中人兮芳杜若注屈原自謂也此指屈映光

除夜始雪七疊前韻語芝瑛

虀鹽且共一宵歡欒裏詩籤語夜闌撩眼光陰春又至向人肝膽意先寒縛船無鬼貧中樂貰酒有亭物外看福德平分今百歲固知餓死不宜干

南湖東游草丁巳

五十自挽二首示寒厓

淵明自作挽辭秦太虛效之或謂淵明之辭了達太虛之辭哀怨開歲新春余與芝瑛同爲始滿寒厓孫先生將以楹帖爲壽詩以止之懷沒世無聞之懼攄傷逝自悼之情古人可作其許我乎

浮生千刼百年身面皺觀河付笑顰重疊

音書餘汝在蕭疏鬢影復誰親由來好事甯知死況乃窮途更累人物外是非天不管眼看滄海欲揚塵

翦淞閣上日斜時依舊撩人萬柳絲夢窄春寬留一笑天荒地坼去何之買山巢父豈真隱後世子雲欲待誰東望求仙仙可即邊愁歌吹擁靈旗

壽中洲太傅八十有八用丁巳新年見示韻

老謝朝參祝萬年還看鵷鷺遠凌煙聖恩退隱春如海欲問還丹僕僕仙

與高麗吳小坡女士飲於市樓

濃春孤館鬱千憂忽漫相逢百尺樓草草杯盤容獨醉珊珊環佩自名流五更風雨搖鄉夢萬里關河數客愁獨抱陳編弔興廢湖天佳處與同游

翦淞閣聽小坡彈瑟次小坡見贈韻

華鬘小刧奈何天往事凄迷負少年鶴舫

迎來春水上鶻花媚向夕陽邊玉璫緘札
心先醉面皺觀河念不還怕過渭橋聞折
柳撩人飛絮白于緜

題小坡吟稿三首

背面傷春翠帶長孤燈照影謝歡場後庭
一曲無人會望國思鄉淚兩行
出京無計惜惺惺舊夢重提不可聽此是
君家斷腸草馬關何處望雲軿
小坡之夫申海永死于馬關

傷離弔夢字攲斜知有新詩籠碧紗阿母
倚門望歸訊膽瓶愁插合歡花
爲天虛我生題箏樓泣別圖并示鸝
影樓主四首
巷陌風光正夕曛玉環分付意何云綠錡
枝染相思血化作箏樓一縷雲
隨郎滋味渾難說別母情懷暗自傷惆悵
隴頭書不到鷓鴣聲裏斷人腸
釵燕籠雲不自持小窗夢醒且題詩垂楊

漫妬腰肢細搖落江潭更向誰
曹渡新添一尺浪送春風雨白如幢故人
幽恨知多少不許楊花飛過江

　白岩子雲出示近作哀時惜別情見
　　乎辭依韻和之

桑海相逢眼獨青可堪別酒倒沙瓶櫻花
十里紅如海柳色千絲綠滿庭落日中原
看雙鬢避風孤棹入迴汀誰能收拾閑思
想一曲陽春倚醉聽

題子雲所刊立菴遺稿稿爲長門山根虎臣著西田鳴溪校本今鳴溪亦歸道山矣

手定叢殘此殺青當年酒侶臥空瓶蓬飄滄海人千里夢到長門月一庭生死親朋悲宿草回翔鷗鷺起寒汀名山藏稿寄孤憤斫地商歌孰解聽

中洲文稿第四集刊成用與子雲唱和韻奉題

白髮疏鐙依舊青謹言猶記口如瓶能專
一壑神仙宅後有千秋著作庭蠹籍乞靈
存漢學雁聲和夢渡煙汀二松挺秀闢天
眷說與吾徒子細聽

四疊前韻酬子雲時得燕京近訊袖
手神州無吾儕歌哭地矣悲夫

萬緣擾擾屐痕青暫歇狂心挈淨瓶九疊
屏風臨碧落一簾花雨誦黃庭停樽未解
相如渴逃暑仍過柳惲汀起陸龍蛇爭一

瞬殘陽斷角不堪聽

寄息盦

波浪吞天雲樹青溪堂醉臥對銀瓶直追坡谷靡風什派別荊關識戶庭細雨荒江容小隱片帆斜日渡前汀人心病熱何由解一曲松風洗耳聽

題吳觀岱觚廬畫萃二首

造化爲師非想天流傳名蹟壓耕煙丹崖拔地一千尺滄海聞鐘五百年興到且傾

燕市酒悲來詎識隴頭絃那堪重蹋西城路寒食招魂憶二賢

辛亥西城寒食之會觀岱爲良賚臣吳綬卿二烈士作畫寒厓孫先生自蘭州到京亦當日坐上客思之黯然

一生低首東園客配饗新羅更出羣破帽疲驢塵夢斷寫經秋閣異香聞胸中丘壑千秋業捥底波濤九派分二石精神自來往莫教過眼等煙雲

觀代山驢背吟詩秋閣寫經二圖爲生平
傑作二石謂石溪石濤
寶鐵硯齋圖爲哈少夫題
六州鑄錯到文字金斗團雲詫鬼工蓬島
昔游惟汝在荆關獨賞與誰同若非光起
支牀石定見禾生入夜銅好比青氈矜世
守題詩灑墨溯家風
寄書髓主人
東海相國得西樓蘇帖以書髓自

號

扁舟又見海山青手折蓮房插膽瓶遠樹依依鳴獨鳥飛花寂寂媚空庭旗亭賭唱翻新曲夜雨迴潮沒舊汀未熟黃粱俱是夢何如說法與君聽

題芝瑛所書外舅鞠隱公墓碑

舒翅慈烏似告哀大書深刻點蒼苔女郎山下詩千首太白樓頭醉幾回故樹荒涼還黛色遺書零落有秦灰夜闌忽憶卅年

事鞠隱圖成獨舉杯

題中洲太傅繪原村莊圖

莊在東京府下東臨大森灣白帆蒼波近接眉睫西望富嶽朝暾夕暉映射積雪氣象變幻足資吟詠恍如住繪畫之間故名曰繪原村莊見太傅自記圖爲江南布衣吳觀岱筆

臥載籃輿原上村鬢飄星點對清樽停車

問字甯知遠拄笏看雲不著痕古意今情
滿懷抱濤聲嶽色識天恩回頭六十年前
事呵壁孤檠欲盪魂

病中有懷香國弃餘青萍

繡毬一幅挂清愁弔夢傷離易白頭可有
新詩傳塞雁還將舊約問沙鷗踈踈籬落
秋先到寂寂山窗病未瘳乘興猶堪蹋泉
石白雲紅樹共探幽

病暑帆影樓書髓主人藥裏關心分

金見貺賦二絶句謝之

淞波一曲夜還潮門柳毵毵接市橋梁苑才人今老大可堪病馬繫寒條

病馬寒條田北湖斷句也余與寒厓時時誦之

抱古憂天夢裏身江山舉目有酸辛相公風誼高天下松竹栽多未是貧

寒厓有贈次韻奉答

黃壚呼酒倒千尊留客煎茶更弄孫落日

中原搔短髮去帆天際斷塵根蟲沙萬劫邊愁入身世孤山片石存揮手江亭問奇畫飄零賸句感雍門

寒厓得東坡歲寒巖故址擬築生壙其下自題曰身世孤山　辛亥出京時觀岱山畫扇送行寒厓題句曰世外煙霞有汝我山中雞犬亦神仙今扇已失去特記其語于此雍門已陳迹餘音空繞梁孫覲長樂寺詩也

疊韻寄朏盦廣州

幅巾據席謝歌尊正要家風付子孫贏得
繁霜來鬢底且看人海轉萍根一庭花雨
諸天黯兩戒山河隱患存收泣新亭數羣
彥誰憐佳俠在夷門

天台山若冰上人來訪乃吾故人趙
某也乍見幾不相識別後感賦

歌哭來傾竹裏尊十年種竹見翁孫狂華
翳目無真相迦葉前身有淨根秋色滿天

詩思冷月光如水道心存塵塵剎剎成今古一指誰參不二門

題艮齋臣遺札

一盞寒泉薦晚尊英姿誰識舊王孫林花著雨疑含淚病葉辭柯總到根往事書空猶咄咄疏狂成性自存存紅羅石版依然在不敢驅車過柳門

辛亥之變齋臣初寓我西城石版房小

萬柳堂後移居紅羅廠乃遇害蘇詩柳

門京國道驅馬及春陽

七夕寄寒厓

河漢淒迷旋置尊也容無賴渡天孫誰能飲馬長城窟祇合讀書秋樹根萬里辭家江總老一生好客任安存眼前真藥不知采余欲攜家登鹿門

五疊餉寒厓并示王鈍根

三十六峯落酒尊衆峯環列似兒孫吾鄉先輩推方叔小說名家有鈍根匪吼百靈

雙劍合瀾翻八海一椽存掃花忽憶蘇龕句自日浮雲奈洞門

洞口掃花人鄭太夷題杭州煙霞洞蘇龕句也氷鐵以五字摹印見貺觀岱又作洞口掃花圖扇倩太夷寫詩其上辛亥南歸此扇失去不知入誰家䄂笈矣

子銘書來爲李秀山督軍紹介欲以諮議見屬用寒厓韻答之時子銘將率禁衛軍還京余有約東游回

國在燕市酒樓相見云

杯酒英雄敵上尊似聞偉略屬吳孫天荒地老心難死北勝南強論不根衰柳寒鴉容獨往秋風歸雁一相存獵徒何事牽黃犬毛血紛紛上蔡門

天荒地老賚臣遺札中語

題南湖詩意影本寄秀山

寥落朋儕冷石尊天涯芳草怨王孫霜飇颯颯來蘋末漁火星星出柳根千斛量愁

奇氣盡一燈傳海祖風存儻邀物外高軒過記取橋邊薜荔門

書顧述之春暉小識後

刻石埋辭薦瓦尊孔山葱鬱擁諸孫一椽茅屋傳經地卅載家庭植善根往事堂堂遺訓在孤兒莽莽夢魂存淚河迸血能成化此是吾鄉通德門

次韻酬中洲

雁落邊城夜有聲懷人天末暮雲橫秋風

萬里射雕手隔海能傳折柳情

用前韻寄寒厓

落木蕭蕭疑雨聲碧天無語玉繩橫酒闌
試極中原目誰識南樓庾亮情

芝瑛病中爲小湖手製衣履寄神戶
春姬報書曰支那衣此兒墜地後
初著身嫡母好意兒知之否耶以
二詩答之仍用前韻

夢裏如聞雛鳳聲錦裍初試眼波橫傳家

自有玄文在衰柳寒煙別後情
諏訪山頭度雁聲寫經樓下大河橫寥天
一鶴仙蹤杳不著人天去住情

九月十六日松海主人飲朱皤農於
移情閣上因觸舊游賦贈

晴風噓翠萬松喧坐上花枝識夢痕二客
相逢如有約三山一笑復何言餘生家國
真多累合眼波濤欲盪魂飛閣初臨成世
外擎杯落日看中原

春日九中寄芝瑛

干雲兵氣黯邊城數說崩離奈衆生斜日半襟明海色臨風孤唱發天聲三山依舊識行客一水牽愁照酒觥獨倚危檣看飛鳥何人不起故鄉情

題芝瑛帆影樓紀事

閱世方知厭老成輪囷肝膽爲誰傾挑鐙紀夢餘孤憤扶病鈔書倚晚晴萬本流傳償笑駡一編生死見交情匣中寶劍分明

在忍向夷門訴不平

船泊門司以詩報中洲太傅松方元

老青萍樞密恬齋男爵香國仙史

秋渚詞宗

揮手滄溟一歎吁西風去國夢模糊神州

蒼莽餘歌哭斷句飄零入畫圖鷸蚌旁觀

計安出湖山中酒倩誰扶姓名又被閑鷗

識爲訪繪原當代儒

往年與青萍唱和詩吳觀岱爲補城山

雅集圖余與青萍各藏一卷

饋子琦公使卽題姚少師卷尾

俄使庫朋斯齊博學好古往年在華時以王子琦紹介爲余題姚少師畫卷今子琦奉使墨西哥約余同游東瀛與庫朋君相見蓋君方任駐日大使也子琦由燕而東余先發上海十一月十日船過門司却寄一絕卽題卷尾

此卷駐華美使芮斯恩北京協和女子大學校長麥美德上海聖約翰大學校長卜舫濟皆有西文題記

白浪如山雨打船狂心暫歇現諸天蕭梁事業看圖畫休話滄桑到酒邊

寄仲和

折衝尊俎等閑事收拾蟲沙息萬喧一舸風波忘世外看君蹴起大和魂

簡綠子

隔海曾留一笑緣吉田山色想當筵綺窗乞取簪花格爲寫東游第四編

門司逢郭樹蕖二首

香山郭樹蕖以其戚鄭祝三紹介來船招待并將門司解纜時刻電告祝三故人情重感悚奚云自過門司便入內海波平似鏡兩岸青山如畫航路曲折漁船續續而過

賴有香山好弟兄擎杯傳語見平生西風一日未斷

又過魚蝦市山色船頭解送迎

篷背寒雲若可攀夢痕飄盡鬢毛斑劇憐千古傷心地極目嵯峨是馬關

移情閣燕集示枕溪二首

搖搖裙屐罷飛觴乘興應躭野趣長白日放歌動高閣不知主客是他鄉

出門一笑覺天寬海角飄鐙照影寒俯仰

襟情誰與語微風吹酒獨憑闌

松雲寮試茶二首

主人神田兵右衛門年七十有七

北山蘿月媿移文石鼎分題此策勳老去君謨猶好事松花閑煑一溪雲

主人愛客笑相迎桑海飄蓬問去程直上三山看紅葉清風兩腋覺身輕

松陰寮試茶

主人直木政之介日本燐寸會社

社長

石鼎飄香試露芽故家文采自清華當窗
山色迷紅葉繞樹泉聲走鈿車黃鶴難逢
霄漢侶蒼松應作畫圖誇誰憐今日江南
夢越盞雲腴正點茶

山谷句曰我家江南摘雲腴芝瑛最愛
龍井茶故云

靜枝女史以宇治茶見餉索詩爲報
云將張之茶寮用芝瑛所製澄清

堂牋寫贈二首

靜枝直木之女

喜聞客至掃花迎松火茶鐺手自烹坐對溪山笑誰主一甌花乳助詩情

珂珮珊珊自得仙密封小甕試新泉只因盧陸風流在欲上征車更少延

楓林覓句圖爲鄭祝三題并示仲和

亭皋落木又飛霜物外清游爲底忙江海飄蕭吾亦客衣冠僑寄爾何鄉霏紅沓翠

酣秋色弔夢傷離唶夕陽更向渭城歌一曲新聲傳與竹枝娘

與青萍子爵知心居士飲於富士軒

談日本所傳三教圖

少日清狂漸覺非向人肝膽似君稀斗槎夢到玄霜下畫角風高白雁飛坡谷吸酸應有說瞿曇玅語欲忘機擎杯莫話神州事探鑿看雲願未達

題磯野秋渚五華留影集

文字聲香悟道真草堂而後許傳薪評量
風露收餘燼蕭瑟江關逢故人自有千秋
落胸次那堪一醉破酸辛笑啼萬劫換頭
自且送殘年物外身

題古欒山莊圖

晉江黃秀烺游海外歸扱族葬制
於其鄉之欒谷名曰古欒山莊既
爲之圖徧徵題詠云將勒諸貞珉
垂示永久彼惑於形家言以先人

體魄爲邀福之具者觀於斯圖當愴然知所返矣敬題一詩爲能轉移風俗者勸

九世同居證所聞旅亭讀畫對斜曛買山巢父非關隱荷鍤劉伶自出羣一徑松楸緜祖德百年金石發幽芬獨憐萬古茫茫地生死誰知路不分

趙伯駒所作張公藝九世同居圖卷攜在行篋中

寄秀山督軍四首

依依鍾阜識威名戟寢森嚴正厭兵半壁東南看公在却容世外聽泉聲

求珠滄海百靈訶斜日沈吟鬢巳皤莫倚天南望天北故山重疊戍旗多

温夢歌呼醒亦狂劍鋒摧折尚騰芒青雲那有酬恩地爲寄鄉心雁一行

旅館飄飄歲又闌珥貂枉自鏡中看一從范叔綈袍贈飛盡梅花雪不寒

中洲先生約來春梅開飲于繪原村
莊次韻二首

梅鶴曾傳處士莊灞橋詩思自汪洋老懷
未覺黃農沒乘興還來觀國光

翼世深心世已傳萊衣稱慶又迎年倘容
一醉吐奇語夜叩山窗問草玄

除夜寄芝瑛上海

浮生何處不隨緣冬盡今宵可少延貧手
看梅羸獨笑擁爐酌酒送殘年燈花無語

向人落詞賦哀時倚醉編客裏逢春春又
鬧西樓望月幾回圓

南湖東游草戊午

元日和中洲太傅二首

一株松亦作濤聲風入簫韶奏太平問字休嗟春寂寞題詩自寫意縱橫芝蘭繞膝成天趣葵藿傾心翊聖明白髮儒臣有詞賦墨花流出鳳凰城

太傅顏其居曰寒流石上一株松舍

蓬瀛清淺又逢春逆旅相看柳色新夢到江南想仙侶詩傳海外得閑身朱程學行

今無比韓杜文章筆有神何日探梅陪杖
履階前盈尺自嶙峋

人日寄寒厓弁蘭劉滄洲

梅萼初胎柳解顰題詩誰寄草堂春傷心
萬里逢人日不見花時放鶴人

上元夜周勤豪約過田端鄉聽辰重
夫人彈琵琶痛飲而歸愴然有作

桑麻雞犬村村屋去去來來人不停新起
畫樓款行客摶成詩夢驗茶經金尊不貧

花前約玉樹何堪塵外聽宴罷醒時更惆
悵柳枝依舊昔年青
柳枝巳放微微綠往年寒厓上元別西
湖詩也
哭田北湖
十萬滄瀛眼底過北書函淚到巖阿難諧
世俗愁中散曾狎煙波張志和四海交親
今有幾一家姊妹復如何茂陵遺草無人
問斷句飄零入夢多

東京初雪有懷寒厓弃餘稚暉惕生

世變新陳百不知無端柳色散千絲春風喚醒羅浮夢雪夜誰歌掃市詞短鬓涼吹欹客帽隔年花發弄寒姿迷離光景亂人眼願作津粱佛已疲

時聞田北湖歿于京邸何日重聞掃市歌白居易哭師皋詩也師皋醉後善歌掃市詞

芝瑛書來述五弟頗戀戀於南湖一

曲不知其已易主人也詩以答之
隔海如聞嗚咽辭書來瘦損舊腰支寫經
樓下梅初發可似當年索笑時

歎逝二首

萬鬼猙獰地棲遲我亦驚凍禽窺客散殘
雪透窗明搖足成今古交情媿死生玄廬
自寥廓誰與寫銘旌
親知日去眼猶似茂陵貧燈火搖懷抱家
書諱苦辛胡爲歧路哭同是夢中身魂氣

冥冥合荒山那可陳

簡犬養木堂先生

短札招呼見性真仙源再到豈緣秦閑來無病常稱病客裏逢春不當春入轂英雄空有語起衰文字更何人玄經寂寞猶堪問倘許侯芭謁後塵

謝宗星石伯爵以御本陶茗椀見貺

二首

別浦潮回何處舟金星閣上夢痕留陌年

遺物還堪幸舊德先疇說對州

對州爲伯爵舊領地御本陶器元祿年間對州築窯所製也前山雨過雲無迹別浦潮回岸有聲見伯爵在金星閣所畫詩意

又向三山避世氛孤吟薄眺倚斜曛多君越錢慇懃贈閑摘松花煑白雲

田中新海中川三君集書畫名家十數輩於錦水爲文酒之會即席賦

謝

笳鼓山川去復還一尊寤寐苦追攀沈冥蓬島真忘世檢點荊關且破顏中酒情懷分夜永惜花心事恨晴慳春風惘惘三年客庾信哀時稿未删

題太白山人調玉淵道人殘稿示青厓二首

白石巖扉纖草長合離情想爾何鄉曾隨王母教仙曲只借花枝助酒狂別有會時

還自笑不逢人處忽聞香劇憐一代風騷
手玉凋吟成欲斷腸
石爛天荒迹已陳流傳韻事閱千春眼前
真藥不知别夢裏拈花亦解顰宋玉微詞
應自懺江淹彩筆豈無因蠹魚縱食神仙
字兩岸緋桃認去津
太白殘稿有人名數處被蛀損
爲小寺謙吉題香光畫卷二首
小橋流水自成村門柳毿毿落漲痕曳杖

欲尋沽酒處噴山晴雪冷詩魂
溪山沈寂雨初收盡日南塘憶勝游乘興
莫辭留舊本畫禪詞味一扁舟

三緣亭讌梅賦謝蔣彥騫并寄寒厓

江南

詩思逢君抵海寬漫將閑淚對春盤成塵
綺夢元無著隔海名姝約共看雪後含情
誰與語水邊照影不知寒風懷我亦銷沈
盡空谷何因覓話端

吳觀岱有空谷園年圖寫吾往年與寒匡孤山看梅詩意也

繪原村莊看梅四首

瘦似詩人靜似僧魯靈光殿自嶒崚溪雲斷續香風起縞袂相逢喚欲譍

名士美人原一例每於冰雪見英姿依然梅鶴閑滋味那識林逋是帝師

老病維摩自寫真聊憑短札見交親倚闌看盡千株雪都是雄門載酒人

鷗邊搜句懺花魂月落參橫何處村萬里
傷心游讌日春風幾樹看中原

附錄中洲先生約繪原村莊看梅啓

春暄日加道履定安健敬賀敬賀林下
美人遲君久矣卜來三月十七日不問
晴雨欲招先生及門生數輩過儆莊看
梅先生蹈前約枉高躅何幸如之其日
卓午命季男復至高齋奉迓同伴來臨
謹掃病牀以待攜通譯生來省筆談尤

妙王冕詩曰斷雲流水孤山路看得春
風幾樹花是日與先生說故鄉遣吟與
諾否如何煩零簡回答大正七年三月
六日八十九叟三島毅頓首敬白

題靈學叢志六首

降真香裊澹無痕九陌塵飛不到門解得
性靈三昧旨當前文字即精魂
濟顛師著有性靈衞命真經文筆似楞
嚴

雜出機鋒現鉢曇題詩灑墨酒初酣果然
婉有義之鬼不數當時虞世南

卷首題字多鬼神秉筆

苦心漸覺著書難十地聲音律未殫欲起
呂周參一解也斟明水醮仙官

西晉呂靜南齊周顒皆通韻學時有到
壇叩問韻學於前賢者

金谷香塵起碧紗隔闌遙見五雲車化形
授藥歸來晚道是仙人萼綠華

玉姿仙姑曾到壇說性靈真經

簾幕無風也自波臥看行蟻上南柯休疑靈境難聞見死作閻羅不用呵

隋書韓擒傳有人疾篤忽驚走至擒家曰我欲謁王左右問曰何王也答曰閻羅王擒子弟欲撻之擒止之曰生爲上柱國死作閻羅王斯亦足矣因寢疾數日竟卒士友杜孟兼到壇言其父病將不起故云

碧雲何處夜分題先數武昌次會稽禍福
無門誰管得此中自有上天梯
梁溪楊氏設壇於家名曰碧雲自言曾
於武昌及紹興與同人作扶鸞之事頗
多靈應云
繪原莊公讌中洲太傅有贈越日和
答
宴賞集羣彥行廚清夜娛山疑圖上見人
在月中呼林鳥自來往溪雲乍有無酒闌

揮手去詩債未應逋

次韻中洲詠梅之作

環珮珊珊來肯遲月明林下妬花枝白頭
太傅情何重爲寫孤山畫裏詩

大森看梅有懷寒厓

醉裏題詩墨色新倒鈐小印任天真孤城
小驛逢花使問到南枝憶故人

題宋拓魯公小字仙壇記二首

飄飄仙袂捲雲濤擲地丹沙笑此曹安得

真卿九泉底步虛聲裏看揮毫

冊首有士友趙鴻雪所作麻姑散米圖

玉澗淙淙莫浪猜夕陽嵐翠問蓬萊紅蓮

已白秋風老滄海揚塵又幾回

恬齋男爵邀飲用甲寅唱和韻賦謝

二首

夕照亭中佳句在硯田莊上夢痕留深杯

漸覺成孤往好客今推第一流爲有梅花

寒酒氣惟應杜宇識春愁灑堤記得來時

路十里香雲映白鷗

甲寅六月與男爵及中洲太傅飲於大倉灑上別業太傅贈詩有惜君不見春三月十里香雲花滿坡之句

今日重招前日客露螢閃閃影長留青山無恙老行脚白社分題避濁流門外不知桑變海人間那有藥消愁憑闌一笑今何世閑看三三兩兩鷗

甲寅男爵招飲點綴園林風景於席上

以電光爲螢明滅花間至今常在眼也

恬齋席上次天隨韻

天隨名久保得二著有秋碧吟廬

詩鈔

行廚酥酪說中州攜客擎杯禮數優驢背

馱詩成短唱鷗邊吹夢憶名流月光如水

疑無地花氣撩人欲上樓一曲淞波春正

好休教柳色入邊愁

甲寅恬齋招飲時下條桂谷曾寫驢背

馱詩圖扇見詒今扇已失去

餉內藤湖南博士乞題芝瑛字卷二首

飛盡梅花雪不如歸艎欲發又徐徐知君腕有羲之鬼一半勾留爲乞書

入手華亭有幾分晴窗模寫不辭勤龍門聲價關輕重晉法還應遺細君

張博泉在宇治郵示浮島多寶塔影片題二絕句寄江南老畫師

荒荒萬劫入棊枰兩戒河山未厭兵孤榻
欷歔人不識且來島外聽灘聲

殘陽在塔似蓬壺履迹衣香若可呼寄語
江南今道子天然一幅采茶圖

贈鬱齋二首

長井江洐號鬱齋東京人年五十
有一治易詩禮論語成一家言一
日扶病過訪爲言幼長於佐竹侯
宮中侯太夫人爲山內侯女鬱齋

者蓋取鬱金香意侯太夫人所命也其生平白楊行一篇盡之自序曰貧無食病不得藥生止一女亦甚幼道不傳其書半亡余誦其詩而悲之賦此代簡不知能解鬱齋之鬱否

瀰天才氣自堂堂朱邸傳燈侍燕觴夢裏拈花留一笑不堪回首鬱金香

少日豪華氣漸鋤茂陵誰識病相如秦灰

不到伏家女把酒看雲且著書

飛鳥山看花二首

山在東京府下櫻花時節登山看
花人日以萬計多會社員役暨近
村鄉愚各標旗幟曰櫻花大會或
作山鬼神女狀導以鐃鼓一路跳
舞鄭女曼姬以歌聲和之攜手拍
肩莫可名狀醉則施藁席顛倒萬
櫻花下因在市外金吾不禁城市

以內無是觀也

翠幕當雲柳帶煙東來徐福欲求仙風流幻出情千種此是人間自在天

欲寫芳心下筆難踏歌人醉鼓闌珊大和魂在能成俗莫作狂華一例看

不忍池畔櫻

絕妙文章在水涯眉痕深淺豔明霞一尊未盡忽斜日夢到江南無此花

樓閣高低處處同嫣然一笑滿林風浮生

歌哭真多事石火光中千遍紅

飛鳥山看花回旅窗夜雨愴然有懷

二首

六街塵起鬭香車西去關山路轉駢點蕩韶光牽宿醉參差步障映朝霞何來少婦初驚豔要使狂夫不憶家比屋管絃攜客聽靈山會上本無遮

一笑傾城意未申斜風細雨綺羅身靚妝冶服爲誰好小徑低樓別作春若是有情

應不落欲期後會更無因爲傳烈烈轟轟
句海内幾人能識真

鄭太夷櫻花詩名花身世真堪羨烈烈
轟轟做一場

訪中村不折二首

中村出示書畫碑版多世間所無
是日與李平書同訪

造化爲師妙不傳荼煙半榻鳥窺禪獻之
遺札子昂筆都入君家書畫船

黄蝶菜花晝掩關蒐蘿碑版絶人寰平泉
過客堪同賞又作浮生半日閑
與惺堂諸賢飲於酒樓各贈一絶句
得八首
儒雅風流思不羣晴窗染筆見清芬劇憐
天上吴夫子兩字詩人早贈君
菊池惺堂　桐城吴先生東游時爲惺
堂書齋額稱曰詩人余每過惺堂拜觀
遺墨爲之泫然

卜居聊避市聲譁檢點閑懷弄畫义苦憶
夫于亭上叟城南韻事屬君家
山本二峯　二峯精鑒藏余舊藏漁洋
山人城南雅集圖今歸二峯矣
派別荊關萬本傳遍捫殘碣有深緣人天
慧業誰堪證戊午新刊密教篇
大邨西崖　西崖究心内典著有密教
志及支那繪畫小史支那美術史雕塑
篇

八分書似鄧完白更寫秋花識逸情倚醉
飄愁成一適頭銜別署侯先生
田口米舫　米舫工書畫吳昌碩爲顏
所居曰侯先生之室
碎夢温馨覺後疑玉璫緘札雁歸遲南都
別有昆侖窟一指能參造化師
黑木欽堂　欽堂卽都下所稱玉潤道
人者擅場指墨書法有晉唐遺風
揮手滄溟釣六鼇無情煙日鬧征袍韭花

一帖傳珍重古思紛馳足自豪

李平書　平泉書屋所藏楊凝式韭花帖壯陶閣據以上石

休教擲果慕潘郎世外平泉有雁行玉潔冰清誰得擬瓶花含語一庭香

潘曾蔭　曾蔭爲平書姪女壻

客裏逢春已暮春當歌對酒不辭頻姮娥漫悔偷靈藥等是牆東避世人

林太庸　太庸以賣藥隱江戶

題趙千里荷淨納涼圖

風過迴廊樹有聲蓮塘清淺雨添平熱心
到此全無著徙倚闌干賦晚晴

壽關絅之二首

朝章交口薦相如廿載春江化比閭綺讌
風流留一笑也同故事佩金魚
爲道潼川能諭民謳歌不盡畫難真華陽
洞裏仙緣在詩酒剛消一半春

餞春四首

春盡江南唱柳枝關山戎馬羽書馳浮雲
西北重囘首落落乾坤欲語誰
青燈翦韭蕩吟魂王謝風流今尚存莫放
邊愁入杯酒三山只隔一重門
每慚同輩稱詩客却喜忘機近佛心極目
滄桑春又老玉纖扶醉一沈吟
勝日壺觴忘主賓飄零自給尚風塵酒闌
不作頹唐態小字蠅頭寫洛神
餞春席上酬末松樞密弁示博泉二

首

燈青劍白夜相親倚醉同看世外春莫唱
滇池新樂府新亭收涕果何人
天涯芳草見交親昨夢商量又送春願祝
蟲沙化猿鶴風雲收拾豈無人
芳草天涯騁目時樞密甲寅送行詩也

再疊酬末松

巳知心迹白鷗親垂釣無臺奈富春籠眼
山河誰主客旅亭以外更何人

彥雟招飲攜吾所藏青谿道人江山臥游圖與湯濟武林宗孟同賞即題卷尾

連宵歸思發荊蠻客裏相逢一破顏攜我青溪四丈卷夕陽樓上看秋山

題戲魚堂蘭亭敘二首

龍蛇照眼墨華凝石本流傳得未曾自有山陰風骨在不隨繭紙閟昭陵

江海飄蕭又暮春永和禊事問何人世間

別有臨河敘多少收藏說假真

世說新語注所載臨河敘與今帖文互異

題田口米舫小像

千秋誰定吾文者隔海論交見性真呼酒獨餘燕趙氣折枝愛寫綺羅春平生書法惟傳女如此頭顱肯借人要我題詩寄相憶幽居不著鬢絲塵

再題江山臥游圖卷示惺堂二首

萬疊鄉心夢裏過草堂歸計貧煙蘿風濤
世外搖人目賸水殘山奈爾何
紅樹笑人眼倍明欲酬琴價待誰評杜陵
身世真無謂一段煙雲繫別情

題寒厓四月三日手札後并簡子銘

將軍六首

戟門沈醉發清歌午夜傳箋到薜蘿莫怪
他鄉頭易白梁園賓客已無多
隨分飄零鬢已斑庾樓回首月彎彎長廊

不改寒滋味莫笑閑雲浪出山
管領江山亦宿緣方知久住可成仙那邊
便是儂書屋看寫天包大地圖
將軍膽氣老猶能弓挂扶桑記昔曾親駕
虹橋渡江去半山只合住金陵
分明迦葉是前身只脫芒鞋便出塵聽說
金丹能换骨人間難得看山人
詩人倒有耽奇癖朝日獨登點將臺湖上
風情誰解得讓君先我過江來

題家書後四首

風柳千絲似解顰落紅吹上苦吟身餘生家國無多淚却道傷心是送春

尺書不隔海西東巧婦司炊且諱窮只道故園櫻筍好旗亭沽酒莫匆匆

翦燭題詩百尺樓憶同兒女話瀛洲夢中歸路無憑據水遠山長滿眼愁

鄉思如雲埽不開翦淞一曲映樓臺旅窗又聽黄梅雨滴向騷人心上來

夢與蔣彥騫聯句有除却性情無世
界之句餘不復記憶醒后續成二
首

天涯何處認歸舟淺醉深眠似我不怕到
旗亭重賭唱送人滋味在心頭
除却性情無世界每於笑罵識英雄看君
走馬邯鄲去詩夢先收第一功

木堂爲題南唐祖帖道衍畫卷賦謝
二首

龍蛇照眼果如何祖帖新題占甲科一曲
念家山唱了流傳真本已無多
曾聞姊語笑雲頑病虎何人識舊顔今日
忙中看落墨吹來豪氣滿江山

題懺華詩草二首

四萬八千塔有無更於何處獲明珠隔年
情事分明記古月空山哭曼殊
年時綺夢盡成塵擊鉢飛牋覓舊因我亦
匡廬如有約水雲深處著吟身

六月十日夜作寄芝瑛三首

玉樹歌殘弔夕陽蓬萊清淺總他鄉拈花應被空王笑結束浮生事太忙

詩思如潮落九天春風勾引夢游仙五更幾陣催花雨消盡平生未了緣

連宵惡夢觸羈魂非鬼非仙不可論那有青山可埋骨強彈殘淚看中原

再題道衍爲中山王所作山水卷后

弁闌孫中山二首

雲煙入夢溼征袍客館疏燈氣自豪今日江山太無賴可能一水限孫曹
長風激浪蹴天浮落日孤鴻何處舟後五百年看奇畫鍾山王氣已全收

六月十五夜闡歌示靈山二首

天風吹送隔牆歌石罅銀魚動夕波醉臥旗亭呼不醒蹴翻東海奈君何
冰簾倒挂月娟娟龍女如花總解禪一曲迴波塵外聽莫教腸斷李龜年

贈歌者華玉川

病葉狂花不自持却耽風月鬧南枝殷勤
爲唱涼州曲今日何戡更有誰

不忍池書所見

柳花漠漠藕絲香涼綠一簾映夕陽十八
女兒嫩如水轉頭含笑禮空王

題小室翠雲秋江圖屏風二首

雲水微茫寄此生邊鸞妙筆待誰評分明
照見雙飛影落日秋江萬里情

屏風六曲水彎環溼翠千重不見山新雁
一聲霜角曉斷人鄉夢到江南

簡楊了公并示參衆兩院四首

愛花未減舊時狂紗帽籠頭總不祥題到
大名知是讖有何不了再思量

兩戒河山是禍胎搏人魑魅一齊來西風
縱有收帆日滄海揚塵能幾回

一鳴已足見風標漏洩春光怨柳條寧作
湘纍遲一悟國魂零落不堪招

炎風瘴雨幾曾停江漢湯湯帶血腥世外閑雲如我嬾且收殘淚看辰星

鐵研道人送石榴花一株賦謝弁簡

木堂二首

一株移向嫩晴天纔過端陽意惘然憶著故園圖畫裏榴花紅到鬢雲邊

花枝照眼爲誰開惆悵天涯夢未回今日市樓拌一醉滿身風雨送詩來

高韞叟挽詞用寒厓韻

那得羲之誓墓文海天寥廓竟相聞布衣
蔬食誰能果去國懷賢我亦云曾對秋燈
分藥裹偶翻畫稿足溪雲遺經有子君應
笑錢傳孫詞媲典墳
錢君潛夫撰高先生家傳
木堂寓書曰神田尤熱鬧想炎塵如
火公慣於南湖清涼之境而忽入
蒸熱地獄矣云云以二絶句答之
炎塵如火到衣襟病鶴移巢豈稱心三十

六峯望天末可堪隔海有晴陰
歸心萬里怨征艘空翠沈沈紫殿高惆悵
天風吹夢斷不知是海是松濤

新居望見宮牆一角

疊韻酬天隨

斜日摩挲一散襟藕花香裏負歸心佛書
遮眼能忘暑只少芭蕉數尺陰
神山海市看飛艘旗纛裊空月正高擊筑
尊前且收涕筆端風雨起驚濤

時中日方議西伯里亞出兵

留別鷗社諸子至神戸却寄

四度三山紀勝游客來排闥說鄉愁時危誰信天將壓書到還驚病未瘳午夜傳箋商句律長廊搔首有朋儔歸裝贏得詩千首付與朝雲自校讎

書八月十五日大阪朝日新聞後

歸心已逐雁西東寂寞秋江又轉蓬誰使羣黎甘趣死未容直筆學書空夢中壺嶠

千重霧眼底鯤鵬九萬風危幕何堪棲倦
羽玉纖扶醉蠟燈紅

有馬寄周勤豪

心死誰知是大哀憂時熱淚曲中催美人
名馬都無分爲踏秋雲看瀑來

題八月十四日家書後二首

關心藥裏夜迢迢破夢似聞極浦潮底事
曰歸歸未得誤人風月到今朝
秋風菰米勸加餐腸斷天涯去住難接著

家書情更怯怕他扶病報平安

九月一日船泊長崎馮領事錫之招飲於中川鄉皆花園因留宿焉越日解纜題壁而去

歸帆天際覺身輕一宿空山繫別情樓上花枝成獨笑夢中疏雨送秋聲閑臨曲榭宜樽酒憑仗郵籤報水程笠屐重來如有約却思鄉國轉心驚

鞠部叢刊題詞四首

山河滿目入朱絃棟折榱崩豈偶然別有
傷心言不得就中愁殺李龜年
詞客生涯琢肺肝黄河馬上夕陽殘紅牙
拍遍伊州曲祇作滄桑一例看
金臺殘淚記難真十丈氍毹不染塵翦燭
分題寫孤憤可知同是臥薪人
東城絃索勸飛觴退食蕭齋鬢巳蒼今日
衣冠笑優孟念家山破又登場

上海聚珍倣宋印書局印